Il giro di boa

Uno

Nuttata fitusa,'nfami, tutta un arramazzarsi, un votati e rivotati, un addrummisciti e un arrisbigliati, un susiti e un curcati. E non per colpa di una mangiatina eccessiva di purpi a strascinasali o di sarde a beccafico fatta la sira avanti, perché almeno una scascione di quell'affannata insonnia ci sarebbe stata, invece, nossignore, manco questa soddisfazione poteva pigliarsi, la sira avanti aviva avuto lo stomaco accussì stritto che non ci sarebbe passato manco un filo d'erba. Si era trattato dei pinsèri nìvuri che l'avevano assugliato doppo avere sentito una notizia del telegiornale nazionale. «All'annigatu, petri di 'ncoddru» era il detto popolare che veniva esclamato quando una insopportabile serie di disgrazie s'abbatteva su qualche sbinturato. E per lui, che già da qualche mese nuotava alla disperata in mezzo a un mare in timpesta, e si sentiva a tratti perso come un annegato, quella notizia era stata uguale a una vera e propria pitrata tiratagli addosso, anzi una pitrata che l'aviva pigliato preciso 'n testa, tramortendolo e facendogli perdere le ultime, debolissime forze.

Con un'ariata assolutamente indifferente, la giornalista del tg aveva detto che la Procura di Genova, in merito all'irruzione della polizia alla scuola Diaz nel corso del G8, si era fatta pirsuasa che le due bombe molotov, trovate nella scuola, erano state portate lì dagli stessi poliziotti per giustificare l'irruzione. Questo faceva seguito – aveva continuato la giornalista – alla scoperta che l'agente il quale aveva dichiarato di essere stato vittima di un tentativo di accoltellamento da parte di un no-global, sempre nel corso di quell'irruzione, aveva in realtà mentito: il taglio alla divisa se l'era fatto lui stesso per dimostrare la pericolosità di quei ragazzi che invece, a quanto si andava via via svelando, nella scuola Diaz stavano pacificamente dormendo. Ascutata la notizia, per una mezzorata Montalbano era restato assittato sulla poltrona davanti al televisore, privo della capacità di pinsari, scosso da un misto di raggia e di vrigogna, assammarato di sudore. Non aveva manco trovato la forza di susirisi per rispondere al telefono che stette a squillare a longo. Bastava ragionare tanticchia supra quelle notizie che venivano date col contagocce e con governativa osservanza dalla stampa e dalla televisione per farsi preciso concetto: i suoi compagni e colleghi, a Genova, avevano compiuto un illegale atto di violenza alla scordatina, una specie di vendetta fatta a friddo e per di più fabbricando prove false. Cose che facevano tornare a mente episodi seppelluti della polizia fascista o di quella di Scelba. Poi s'arrisolse ad andare a corcarsi. Mentre si susiva dalla poltrona, il telefono ripigliò la camurria degli squilli. Senza manco rendersene conto, sollevò la cornetta. Era Livia.

«Salvo! Dio mio, quanto ti ho chiamato! Stavo cominciando a preoccuparmi! Non sentivi?».

«Ho sentito, ma non avevo voglia di rispondere. Non sapevo che eri tu».

«Che facevi?».

«Niente. Pensavo a quello che hanno detto in televisione».

«Sui fatti di Genova?».

«Sì».

«Ah. Anch'io ho visto il telegiornale».

Pausa. E poi:

«Vorrei essere lì con te. Vuoi che domani prendo un aereo? Possiamo parlarne assieme, con calma. Vedrai che...».

«Livia, ormai c'è poco da dire. In questi ultimi mesi ne abbiamo parlato e riparlato. Stavolta ho preso una decisione seria».

«Quale?».

«Mi dimetto. Domani vado dal Questore e gli presento le dimissioni. Bonetti-Alderighi ne sarà felicissimo».

Livia non reagì subito, tanto che Montalbano ebbe l'impressione che fosse caduta la linea.

«Pronto, Livia? Sei lì?».

«Sono qui. Salvo, a mio parere, tu commetti un errore gravissimo ad andartene così».

«Così come?».

«Arrabbiato e deluso. Tu vuoi lasciare la polizia perché ti senti come chi è stato tradito dalla persona nella quale aveva più fiducia e allora...».

«Livia, io non mi *sento* tradito. Io *sono stato* tradito. Non si tratta di sensazioni. Ho sempre fatto il mio mestiere con onestà. Da galantomo. Se davo la mia parola a un delinquente, la rispettavo. E perciò sono rispettato. È stata la mia forza, lo capisci? Ma ora mi siddriai, m'abbuttai».

«Non gridare, ti prego» fece Livia con la voce che le tremava.

Montalbano non la sentì. Dintra di lui c'era una rumorata stramma, come se il suo sangue fosse arrivato al punto di bollitura. Continuò.

«Manco contro il peggio delinquente ho fabbricato una prova! Mai! Se l'avessi fatto mi sarei messo al suo livello. Allora sì che il mio mestiere di sbirro sarebbe diventato una cosa lorda! Ma ti rendi conto, Livia? Ad assaltare quella scuola e a fabbricare prove false non è stato qualche agente ignorante e violento, c'erano questori e vicequestori, capi della mobile e compagnia bella!».

Solo allora capì che a fare quel suono che sentiva nella cornetta erano i singhiozzi di Livia. Respirò profondamente.

«Livia?».

«Sì».

«Ti amo. Buonanotte».

Riattaccò. Si curcò. Ed ebbe inizio la nuttata 'nfami.

La vera virità era che il comincio del disagio di Montalbano risaliva a tempo prima, a quando la televisione ave-

va fatto vidiri il Presidente del consiglio che se la fissiava avanti e narrè per i carrugi di Genova sistemando fioriere e ordinando di togliere le mutanne stese ad asciugare su balconi e finestre mentre il suo ministro dell'interno pigliava misure di sicurezza assai più adatte a una guerra civile imminente che a una riunione di capi di governo: reti d'acciaio che impedivano l'accesso a certe strade, piombatura dei tombini, chiusura delle frontiere e di alcune stazioni, pattugliamento del mare e persino l'installazione di una batteria di missili. C'era – pinsò il commissario – un eccesso di difesa tanto ostentato da costituire una specie di provocazione. Doppo era successo quello che era successo: certo, c'era scappato il morto tra i dimostranti, ma forse la cosa più grave era stato il comportamento di alcuni reparti della polizia che avevano preferito sparare lacrimogeni su pacifici manifestanti lasciando liberi di fare e disfare i più violenti, i cosiddetti black bloc. E appresso c'era stata la laida facenna della scuola Diaz che assomigliava non a un'operazione di polizia, ma a una specie di trista e violenta sopraffazione per sfogare istinti di vendetta repressi.

Tri jorna doppo il G8, mentre infuriavano le polemiche in tutta Italia, Montalbano era arrivato tardo in ufficio. Appena fermò la macchina e scinnì, s'addunò che due imbianchini stavano passando una mano di calce su un muro laterale del commissariato.

«Ah dottori dottori!» fece Catarella vedendolo trasire. «Vastasate ci scrissero stanotti!».

Montalbano non capì di subito:

«*Chi ci ha scritto?*».

«*Non sono a canoscenza di chi fu che scrisse di pirsona pirsonalmenti*».

Ma che minchia voleva dire, Catarella?

«*Era una lettera anonima?*».

«*Nonsi dottori, non era gnomina, dottori, murale era. Fu proprio a scascione di questa muralità che Fazio stamatina di presto mandò a chiamari i pittura per scancillari*».

E finalmente il commissario si spiegò la presenza dei due imbianchini.

«*Che c'era scritto?*».

Catarella arrussicò violentemente e tentò un diversivo.

«*Con le bombololette spraghi nìvure le avevano scrivute le parolazze*».

«*Va bene, che c'era scritto?*».

«*Sbirri farrabuti*» arrispunnì Catarella tenendo l'occhi vasci.

«*E basta?*».

«*Nonsi. Macari asasini c'era scrivuto. Farrabuti e asasini*».

«*Catarè, ma perché te la stai pigliando tanto?*».

Catarella parse sul punto di mittirisi a chiangiri.

«*Pirchì ccà dintra nisciuno è farrabuto o asasino, a cominzare da vossia, dottori, e a finiri a mia ca sono l'urtima rota del carretto*».

Montalbano gli posò a conforto una mano sulla spalla e si avviò verso la sò càmmara. Catarella lo richiamò.

«*Ah, dottori! Mi scordai: grannissimi cornuti c'era macari scrivuto*».

14

Figurarsi se in Sicilia, in una scritta offensiva, poteva mancare la parola cornuto! Quella parola era un marchio doc, un modo tipico d'espressione della cosiddetta sicilitudine. Si era appena assittato che trasì Mimì Augello. Era frisco come un quarto di pollo, la faccia distesa e sirena.

«Ci sono novità?» spiò.

«Hai saputo quello che ci hanno scritto sul muro stanotte?».

«Sì, me l'ha contato Fazio».

«E non ti pare una novità?».

Mimì lo taliò imparpagliato.

«Babbii o dici sul serio?».

«Dico sul serio».

«Beh, rispondimi mettendoti la mano supra 'u cori. Pensi che Livia ti metta le corna?».

A taliare strammato Mimì stavolta fu Montalbano.

«Che minchia ti passa per la testa?».

«Quindi non sei cornuto. E manco io penso di esserlo da parte di Beba. Passiamo ora a un'altra parola, *farabutto*. A mia due o tre fìmmine me l'hanno detto che sono un farabutto. A tia non credo che te l'abbia mai detto nessuno e quindi tu non sei compreso in questa parola. Assassino, manco a parlarne. E allora?».

«Ma quanto sei spiritoso, Mimì, con questa tua logica da Settimana enigmistica!».

«Scusami, Salvo, che è la prima volta che ci chiamano bastardi, figli di buttana e assassini?».

«Solo che stavolta, almeno in parte, hanno ragione».

«Ah, tu accussì la pensi?».

«Sissignore. Spiegami perché abbiamo agito in questo mo-

15

do a Genova dopo anni e anni che non capitava niente di simile».

Mimì lo taliò con le palpebre quasi completamente calate e non raprì vucca.

«Eh, no!» disse il commissario. «Rispondimi a parole, non con questa tua taliata di sbirro».

«E va bene. Però voglio fare una premessa. Non ho nessuna 'ntinzioni di sciarriarmi cu tia. D'accordo?».

«D'accordo».

«Ho capito quello che ti rode. Il fatto che tutto questo sia capitato con un governo che suscita la tua diffidenza, la tua contrarietà. Pensi che i governanti di oggi in questa facenna ci abbiano bagnato il pane».

«Scusa, Mimì. Hai letto i giornali? Hai sentito la televisione? Hanno detto, più o meno chiaramente, che nelle sale operative genovesi in quei giorni c'era gente che non ci doveva stare. Ministri, deputati e tutti dello stesso partito. Quel partito che si è sempre appellato all'ordine e alla legalità. Ma bada bene, Mimì: il loro ordine, la loro legalità».

«E questo che significa?».

«Significa che una parte della polizia, la più fragile macari se si crede la più forte, si è sentita protetta, garantita. E si è scatenata. Questo nella migliore delle ipotesi».

«Ce n'è una peggiore?».

«Certo. Che noi siamo stati manovrati, come pupi nell'opira dei pupi, da persone che volevano fare una specie di test».

«Su cosa?».

«Su come avrebbe reagito la gente ad un'azione di for-

za, quanti consensi, quanti dissensi. Fortunatamente non gli è andata tanto bene».

«Mah!» fece Augello dubitoso.

Montalbano decise di cangiare discorso.

«Come sta Beba?».

«Non tanto bene. Ha una gravidanza difficile. Deve stare più corcata che susuta, ma il dottore dice che non c'è da preoccuparsi».

A forza di chilometri e chilometri di passiate solitarie lungo il molo, a forza di lunghe assittatine sullo scoglio del pianto a ragionare sopra i fatti ginovisi fino a farsi fumare il ciriveddro, a forza delle mangiatine di càlia e simenza che assommarono a una quintalata, a forza di telefonate notturne con Livia, la ferita che il commissario si portava dintra principiava a cicatrizzarsi quanno si ebbe improvvisa notizia di un'altra bella alzata d'ingegno della polizia, stavolta a Napoli. Una maniata di poliziotti era stata arrestata per avere prelevato presunti manifestanti violenti da uno spitale dove si trovavano ricoverati. Portati in caserma, erano stati trattati a càvuci e a cazzotti in mezzo a uno sdilluvio di parolazze, offise, insulti. Ma quello che soprattutto sconvolse Montalbano fu la reazione di altri poliziotti alla notizia dell'arresto: alcuni si incatenarono al cancello della questura per solidarietà, altri organizzarono manifestazioni di piazza, i sindacati fecero voci, un vicequestore che a Genova aveva pigliato a càvuci un manifestante caduto a terra venne a Napoli acclamato come un eroe. Gli stessi politici che si trovavano a Genova durante il G8 capeggiarono quella curiosa (ma poi non tanto curiosa per Mon-

talbano) mezza rivolta di una parte delle forze dell'ordine contro i magistrati che avevano deciso l'arresto. E Montalbano non ce la fece più. Quest'altro vuccuni amaro non arriniscì ad agliuttirlo. Una matina, appena trasuto in ufficio, telefonò al dottor Lattes, capo di gabinetto alla Questura di Montelusa. Dopo una mezzorata, Lattes, tramite Catarella, fece sapere a Montalbano che il Questore era disposto a riceverlo a mezzojorno spaccato. L'òmini del commissariato, che avevano imparato a capire l'umore del loro capo già da come caminava quanno al matino s'arricampava in ufficio, si erano di subito fatti persuasi che non era cosa. Perciò il commissariato, dalla càmmara di Montalbano, pariva deserto, non una voce, non una rumorata qualisisiasi. Catarella, di guardia alla porta d'ingresso, appena vidiva comparire uno, sgriddrava l'occhi, portava l'indice al naso e intimava:

«*Sssssstttttt!*».

E tutti trasivano in commissariato con l'ariata di chi sta andando a vegliare un morto.

Verso le deci, Mimì Augello, dopo avere discretamente tuppiato e ottenuto il permesso, s'appresentò. Aveva la faccia scurusa. E Montalbano, al primo vederlo, s'appreoccupò.

«*Come sta Beba?*».

«*Bene. Posso assittarmi?*».

«*Certo*».

«*Posso fumare?*».

«*Certo, ma non farti vidiri dal ministro*».

Augello s'addrumò una sigaretta, inspirò, tenne il fumo a longo.

18

«*Guarda che puoi espirare*» fece Montalbano. «*Te ne do il permesso*».

Mimì lo taliò imparpagliato.

«*Eh, sì*» continuò il commissario «*stamatina mi pari un cinese. Mi domandi il permesso per qualisisiasi minchiata. Che c'è? Ti viene difficile dirmi quello che vuoi dirmi?*».

«*Sì*» ammise Augello.

Astutò la sigaretta, s'assistimò meglio sulla seggia, tirò un respiro e attaccò:

«*Salvo, tu sai che io ti ho sempre considerato mio padre...*».

«*Chi te l'ha detto?*».

«*Cosa?*».

«*Questa storia che io sono tuo padre. Se te l'ha detto tua madre, ti ha contato una farfantaria. Tra me e te ci sono quindici anni di differenza e, per quanto io sia stato precoce, a quindici anni non...*».

«*Ma, Salvo, io non ho detto che sei mio padre, ho detto che ti considero come mio padre*».

«*E sei partito col piede sbagliato. Lassa perdiri sti minchiate di patri, figliu e spiritu santu. Dimmi quello che mi devi dire e levati dai cabasisi che oggi non è jornata*».

«*Perché hai domandato d'essere ricevuto dal Questore?*».

«*Chi te l'ha detto?*».

«*Catarella*».

«*Poi me la vedo io con lui*».

«*Tu non te la vedi con lui, semmai te la vedi con me. Sono stato io a ordinare a Catarella di riferirmi se ti mettevi in contatto con Bonetti-Alderighi. Me l'aspettavo che prima o poi l'avresti fatto*».

«Ma che c'è di strammo se io, che sono un commissario, mi voglio incontrare col mio superiore?».

«Salvo, tu a Bonetti-Alderighi non lo puoi sopportare, non lo reggi. Se fosse un parrino venuto a darti l'assoluzione in punto di morte, ti alzeresti dal letto e lo caccceresti via a pedate. Parlo latino, va bene?».

«Parla come minchia vuoi».

«Tu vuoi andartene».

«Tanticchia di vacanza mi farebbe bene».

«Salvo, sei penoso. Tu vuoi dimetterti».

«Non sono libero di farlo?» scattò Montalbano, mittendosi in punta della seggia, pronto a satare addritta.

Augello non si lasciò impressionare.

«Liberissimo, sei. Ma prima devo finire con te un discorso. Ti ricordi quando ammettesti di avere un sospetto?».

«Quale?».

«Che i fatti di Genova erano stati provocati a bella posta da una parte politica che in qualche modo si era fatta garante delle male azioni della polizia. Te lo ricordi?».

«Sì».

«Ecco: vorrei farti presente che quello che è capitato a Napoli è capitato mentre c'era un governo di centrosinistra, prima del G8 dunque. Solo che si è saputo dopo. Allora come la metti?».

«La metto peggio di prima. Credi che non ci abbia riflettuto, Mimì? Vuol dire che tutta la facenna è assai più grave».

«Cioè?».

«Che questa lurdia è dintra di noi».

«E fai questa bella scoperta solo oggi? Tu che hai leggiuto tanto? Se te ne vuoi andare, vattene. Ma non ora.

Vattene per stanchizza, per raggiunti limiti d'età, perché ti fanno male le emorroidi, pirchì il ciriveddro non ti funziona più, ma non ora come ora».

«*E pirchì?*».

«*Pirchì ora sarebbe un'offisa*».

«*A chi?*».

«*A mia, per esempio. Che sono fimminaro sì, ma pirsona pirbene. A Catarella, che è un angilu. A Fazio, che è un galantomo. A tutti, dintra al commissariato di Vigàta. Al Questore Bonetti-Alderighi, che è camurriusu e formalista, ma è una brava pirsona. A tutti i tuoi colleghi che stimi e che ti sono amici. Alla stragrande maggioranza di gente che sta nella polizia e che niente ha a che fare con alcuni mascalzoni tanto di basso quanto di alto grado. Tu te ne vai sbattendoci la porta in faccia. Riflettici. Ti saluto*».

Si susì, raprì la porta, niscì. Alle unnici e mezza Montalbano si fece dare da Catarella la Questura e comunicò al dottor Lattes che non sarebbe andato dal signor Questore, tanto la cosa che voleva dirgli non aveva importanza, proprio nessuna.

Fatta la telefonata, sentì bisogno d'aria di mare. Passando davanti al centralino, disse a Catarella:

«*E ora corri a fare la spia col dottor Augello*».

Catarella lo taliò con occhi di cane perso.

«*Pirchì mi voli offinnìri, dottori?*».

Offendere. Tutti si sentivano offisi da lui e lui non aviva il diritto di sintirisi offiso da nisciuno.

Tutto 'nzemmula non ce la fece più a restare corcato pistiando e ripistiando sulle parole scangiate con Mimì nei giorni passati. Non aveva comunicato la sua decisione a Livia? Oramà era fatta. Taliò verso la finestra, filtrava scarsa luce. Il ralogio segnava quasi le sei. Si susì, raprì le imposte. A livante la chiarìa del sole che stava per spuntare disegnava arabeschi di nuvole leggere, non da pioggia. Il mare si cataminava tanticchia per la brezza matutina. Si inchì i purmuna d'aria, sentendo che ogni respiro si portava via un pezzo della nuttata 'nfami. Andò in cucina, priparò il cafè e, aspettando il vuddru, raprì la verandina.

La spiaggia, almeno fino a dove si poteva vedere a malgrado del grigiore, pareva deserta d'òmini e vestie. Si vippi dù tazze di cafè una appresso all'altra, si mise i pantaloncini da bagno e scinnì in spiaggia. La rena era vagnata e compatta, forse nella prima sirata aveva chiuvuto a leggio. Arrivato a ripa di mare, allungò un piede. L'acqua gli parse assà meno ghiazzata di quanto aveva pinsato. Avanzò cautamente, patendo di tanto in tanto lungo la schina addrizzoni di friddo. Ma pirchì, si spiò a un certo momento, a cinquant'anni passati mi viene gana di fare queste spirtizze?

Capace che mi piglio uno di quei raffreddori che po' me ne devo stare una simanata a stranutare con la testa 'ntrunata. Principiò a nuotare a bracciate lente e larghe. Il sciauro del mare era violento, trasiva pungente nelle narici, pareva sciampagna. E Montalbano squasi s'imbriacò, perché continuò a nuotare e a nuotare, la testa finalmente libera da ogni pinsèro, compiacendosi d'essere addiventato una specie di pupo meccanico. A farlo tornare di colpo omo fu il crampo improvviso che l'azzannò al polpaccio della gamba mancina. Santiando, si voltò sulla schina mettendosi a fare il morto. Il dolore era tanto forte che l'obbligò a stringere i denti, prima o poi però sarebbe lentamente passato. Sti mallitti crampi si erano fatti più frequenti negli ultimi dù-tri anni. Avvisaglie della vicchiaia appostata darrè l'angolo? La corrente lo portava pigramente. Il dolore stava principiando ad abacare, tanto di permettergli di dare due bracciate all'indietro. Alla seconda bracciata, la mano dritta sbatté contro qualcosa.

In una frazione di secondo, Montalbano capì che quel qualcosa era un piede umano. Qualcuno stava facendo il morto appena davanti a lui e non se ne era addunato.

«Mi scusi» disse precipitoso rimettendosi a panza sotto e taliando.

L'altro davanti a lui non arrispunnì perché non stava facendo il morto. Era veramente morto. E, a stimare da come s'apprisintava, lo era da parecchio.

Due

Montalbano, strammato, si mise a firriare torno torno al catafero cercando di non fare scarmazzo con le bracciate. Ora c'era bastevole luce e il crampo gli era passato. Quel morto certamente non era frisco, da tempo che doveva trovarsi in acqua, perché carne attaccata alle ossa ne restava picca e la testa era addivintata praticamente un teschio. Un teschio con una capigliatura d'alghe. La gamba dritta si stava staccando dal resto del corpo. I pisci e il mare avivano fatto minnitta del povirazzo, un naufrago o un extracomunitario che per fame, per disperazione aveva tentato d'emigrare clandestinamente ed era stato gettato in mare da qualche mercante di schiavi più fituso e carogna degli altri. Quel catafero doveva arricamparsi da lontano assà. Possibile che per tutte quelle jornate che era stato a galleggiare manco un motopeschereccio, una barca qualisisiasi non si fosse addunata di quel relitto? Difficile. Sicuramente c'era chi l'aveva visto, ma si era prontamente adeguato alla nuova morale corrente, quella per la quale se investi qualcuno per la strata devi tirare di longo senza dargli aiuto: ora figurarsi se un peschereccio si fermava per una cosa inutile come un morto. Del resto, non c'erano stati dei pescatori che, avendo trovato tra le reti dei resti umani, li avevano prontamente rigettati in mare per evitare camurrie burocratiche? «Pietà l'è morta», diceva profeticamente una canzone, o quello che era, di parecchio tempo avanti. E via via stavano agonizzando macari la compassione, la fraternità, la solidarietà, il rispetto per i vecchi, per i malati, per i picciliddri, stavano morendo le regole della...

«Non fare il moralista di merda» disse Montalbano a Montalbano. «Cerca piuttosto di tirarti fora da questi lacci».

Si scosse dai pinsèri, taliò verso la riva. Matre santa, quant'era lontana! E come aveva fatto ad andare a finire tanto al largo? E come minchia avrebbe potuto fare per portare a terra il catafero? Il quale catafero intanto si era allontanato di qualche metro, trascinato dalla corrente. Aveva gana di sfidarlo a una gara di nuoto? E fu in questo momento che trovò la soluzione del problema. Si sfilò il costume da bagno che, oltre all'elastico, aveva torno torno alla vita un cordone bastevolmente longo che non serviva a nenti, era lì solo per billizza. Con due bracciate si mise allato al catafero e, doppo averci pinsato tanticchia, gli infilò il costume nel braccio mancino, glielo raccolse all'altezza del polso, glielo arravugliò stritto stritto, lo legò con un capo del cordone. L'altro capo lo strinse con due nodi al collo del suo piede mancino. Se il braccio del morto non si fosse staccato durante il traino, cosa possibilissima, tutta la facenna sarebbe andata in porto, era proprio il caso di dirlo, tranquillamente, macari se a costo di una grossa faticata. Principiò a natare. E natò a longo lentamente, adoperando di necessità solamente le braccia, fermandosi di tratto in tratto, ora per ripigliare sciato ora per controllare se il catafero era sempre attaccato a lui. A poco più di metà strata ebbe necessità di una fermata più longa, il suo sciato era diventato quello di un mantice. Si voltò sul dorso per fare il morto e il morto, quello vero, si girò a faccia sotto a causa del movimento trasmessogli attraverso il cordone.

«Porta pacienza» si scusò Montalbano.

Quanno sentì che ansimava di meno, si rimise in marcia. Doppo un tempo che gli parse non passare mai, capì che era arrivato a un punto dove si toccava. Sciolse il cordone dal piede e tenendone sempre in mano il capo, si mise addritta. L'acqua gli arrivava al naso. Saltellando sulle punte dei pedi si spostò di qualche metro e finalmente poté posare le piante sulla rena. A questo punto, sentendosi oramà al sicuro, volle dare il primo passo.

Lo diede, ma non si cataminò. Ci riprovò. Niente. Oddio, era addiventato paralitico! Stava come un palo chiantato in mezzo all'acqua, un palo al quale era ormeggiato un catafero. Sulla spiaggia non si vedeva anima criata alla quale spiare aiuto. Vuoi vedere che era tutto un sogno, un incubo?

«Ora m'arrisbiglio» si disse.

Ma non s'arrisbigliò. Dispirato, ittò la testa narrè e fece un urlo tanto potente che lui stesso s'intronò. L'urlo ebbe due effetti immediati: il primo fu che una para di gabbiani che volteggiavano supra la sò testa e stavano a godersi la farsa se ne scapparono scantati; il secondo fu che i muscoli, i nervi, insomma il fasciame del suo corpo si rimise in movimento sia pure con estrema difficoltà. Dalla riva lo separavano una trentina di passi, ma furono una vera e propria viacruci. Sulla battigia, si lasciò cadiri 'n terra di culo e a longo arristò accussì, sempre col capo del cordone in mano. Pareva un piscatore che non arrinisciva a tirare a riva il pisci troppo grosso che aveva pigliato. S'accunsolò pinsando che il peggio era passato.

«Mani in alto!» fece una voce alle sue spalle.

Ammammaloccuto, Montalbano girò la testa a taliare. Quello che aveva parlato, e che lo teneva sotto punteria con un revorbaro che doveva avere fatto la guerra italo-turca (1911-12), era un ultrasittantino sigaligno, nirbùso, con l'occhi spirdati e i pochi capelli ritti come fili di ferro. Allato a lui c'era una fimmina, macari lei ultrasittantina, con un cappello di paglia, armata di una sbarra di ferro che agitava non si capiva bene se per minaccia o per Parkinson avanzato.

«Un momento» fece Montalbano. «Io sono…».

«Sei un assassino!» fece la fimmina a voce tanto alta e stridula che i gabbiani, i quali si erano intanto avvicinati per godersi il secondo tempo della farsa, schizzarono lontano stridendo.

«Ma signora, io…».

«Non negare, assassino, è da due ore che sto a guardarti col binocolo!» fece voci ancora più forti la vecchia.

Montalbano si sentì completamente pigliato dai turchi. Senza pinsare a quello che stava facendo, mollò il cordone e si susì voltandosi.

«Oddio! È nudo!» gridò la vecchia arretrando di due passi.

«Vile! Sei morto!» gridò il vecchio arretrando di due passi.

E sparò. Il colpo, assordante, passò a una ventina di metri dal commissario, atterrito più che altro dal botto. Il vecchio, che dal rinculo era stato spostato di altri due passi narrè, ripigliò, tistardo, la mira.

«Ma che fa? È pazzo? Sono il...».

«Zitto e non ti muovere!» intimò il vecchio. «Abbiamo avvertito la polizia. A momenti sarà qui».

Montalbano non si cataminò. Con la coda dell'occhio vide il catafero che lentamente pigliava il largo. Appresso, quanno a 'u Signuruzzu ci parse e piacque, due auto arrivarono a velocità sulla strata e si fermarono. Dalla prima Montalbano vitti scinniri di corsa Fazio e Gallo, tutti e due in borghese. Si sentì rianimare, ma fu cosa di breve durata perché dalla seconda macchina scinnì un fotografo che principiò a sparare foto a mitraglia. Fazio, riconosciuto di subito il commissario, si mise a fare voci al vecchio:

«Polizia! Non spari!».

«Chi me lo dice che non siete suoi complici?» fu la risposta dell'omo.

E puntò il revorbaro contro Fazio. Ma per farlo distolse la sua attenzione da Montalbano. Il quale, essendosi rotto i cabasisi, scattò in avanti, agguantò il polso del vecchio e lo disarmò. Ma non poté evitare una gran botta in testa che la vecchia gli ammollò con la sbarra di ferro. Di colpo vitti neglia, si piegò sulle ginocchia e sbinni.

Sicuramente era passato dallo sbinimento al sonno perché quanno si arrisbigliò nel suo letto e taliò il ralogio erano le unnici e mezza. La prima cosa che fece fu uno stranuto, doppo un altro e appresso un altro ancora. Si era arrifriddato e la testa gli doleva assà. Dalla cucina sentì la voce di Adelina, la cammarera.

«Viglianti è, dutturi?».

«Sì, ma mi fa male la testa. Vuoi vidiri che la vecchia me l'ha rotta?».

«A vossia la testa nun ci la rumpinu mancu i cannunati».

Sentì squillare il telefono, provò a susirisi, ma una specie di virtigine lo fece ricadere sul letto. E quanta forza aveva nelle vrazza quella vecchia mallitta? Adelina aveva intanto risposto. Sentì che diceva:

«Ora ora s'arrisbigliò. Va beni, ci lo dico».

Apparse con una tazza di cafè fumante.

«'U signor Fazziu era. Dici accussì ca massimu massimu una mezzurata lu veni a truvari».

«Adelì, tu quanno sei arrivata?».

«Alle novi, comu di sempri, dutturi. A vossia l'avivano curcatu e c'era ristatu 'u signor Gallu a daricci adenzia. Iu allura ci dissi ca ora c'ero iu pi abbadari a vossia e lui sinni ì».

Niscì dalla càmmara e tornò doppo tanticchia, un bicchiere in una mano e una pinnula nell'altra.

«'A spirina ci purtai».

Montalbano la pigliò, bidiente. Susuto a mezzo del letto, ebbe qualche addrizzone di friddo. Adelina se ne addunò, raprì murmuriandosi l'armuàr, afferrò un plaid e lo stese sul linzolo.

«All'età ca avi vossia, certe spirtizze nun l'avi cchiù a fari».

Montalbano la odiò. S'incuponò fino a sopra la testa e chiuse l'occhi.

Sentì sonare il telefono a longo. Come mai Adelina non rispondeva? Si susì variando, andò nell'altra càmmara.

«Brondo?» fece con voce nanfarosa.

«Dottore? Sono Fazio. Purtroppo non posso venire, c'è un contrattempo».

«Serio?».

«Nonsi, una minchiata. Passo nel doppopranzo. Pensi a curarsi il raffreddore».

Riattaccò, andò in cucina. Adelina era andata via, sul tavolo c'era un suo biglietto.

«Vosia durmivva e nun voghliu arisbighliarilla. Tantu ora s'aricampa sighnor Fazziu. Ci priparai in frighiriffuru. Adelina».

Non ebbe gana di raprire il frigorifero, non aviva pititto. S'addunò che stava caminando casa casa in costume adamitico, modo di dire che piace ai giornalisti e a quelli che si credono spiritosi. S'infilò una cammisa, un paro di mutanne, i pantaloni e s'assittò sulla solita poltrona davanti al televisore. Si era fatta l'una meno un quarto, l'ora del primo notiziario di «Televigàta», emittente filogovernativa per vocazione, sia che al governo ci fosse l'estrema sinistra sia che ci fosse l'estrema destra. La prima immagine che vitti fu la sò. Era completamente nudo, la bocca spalancata, l'occhi strammati, le mano a coppa a cummigliarsi le vrigogne. Pareva una casta Susanna in là negli anni e assai più pelosa. Apparse una didascalia indove che c'era scritto:

«Il commissario Montalbano (nella foto) salva un morto». Montalbano pinsò al fotografo che era arrivato appresso a Fazio e a Gallo e gli inviò, mentalmente, i più sinceri e cordiali auguri di lunga vita e fortuna. Sullo schermo apparse la faccia a culo di gallina del giornalista Pippo Ragonese, nemico giurato del commissario.

«Questa mattina poco dopo l'alba...».

Sullo schermo, per chi non l'avesse capito, apparse un'alba qualsiasi.

«... il nostro eroe commissario Salvo Montalbano è andato a farsi una bella nuotata...».

Apparse un pezzo di mare con un tale, lontanissimo e irriconoscibile, che natava.

«Voi vi direte che non solo non è ancora stagione di bagni ma soprattutto che quella non è un'ora tra le più adatte. Ma che ci volete fare? Il nostro eroe è così, forse ha sentito la necessità di quel bagno per far evaporare dal suo cervello certe idee balzane delle quali è spesso vittima. Nuotando al largo, si è imbattuto nel cadavere di uno sconosciuto. Invece di telefonare a chi di dovere...».

«... col telefonino incorporato nella minchia» continuò per lui, arraggiato, Montalbano.

«... il nostro commissario ha deciso di portare il cadavere a terra senza l'aiuto di nessuno, legandolo a un suo piede col costume che indossava. Faccio tutto io, è il suo motto. Queste manovre non sono sfuggite alla signora Pina Bausan che si era messa a osservare il mare con un binocolo».

Spuntò la faccia della signora Bausan, quella che gli aveva scassato la testa con la sbarra di ferro.

«Di dov'è lei, signora?».

«Io e mio marito Angelo siamo di Treviso».

Allato alla faccia della fìmmina comparse quella del marito, lo sparatore.

«Vi trovate in Sicilia da molto?».

«Da quattro giorni».

«In vacanza?».

«Ma quale vacanza! Io soffro d'asma e allora il medico m'ha detto che l'aria di mare mi avrebbe fatto bene. Mia figlia Zina che è sposata con un siciliano che lavora a Treviso...».

Il racconto venne interrotto da un lungo sospiro di pena della signora Bausan alla quale la sorte maligna aveva dato un siciliano come genero.

«... mi ha detto di venire a passare qualche tempo qua, nella casa di suo marito che loro adoperano solo un mese d'estate. E ci siamo venuti».

Il sospiro di pena stavolta fu assai più forte: vita dura e pericolosa, su quell'isola selvaggia!

«Mi dica, signora: perché scrutava il mare a quell'ora?».

«Mi alzo presto, devo pur fare qualcosa, no?».

«E lei, signor Bausan, porta sempre quell'arma con sé?».

«No. Non ho armi. Il revolver me lo sono fatto prestare da un mio cugino. Capirà che dovendo venire in Sicilia...».

«Lei ritiene che si debba venire in Sicilia armati?».

«Se qui la legge non esiste, mi pare logico, no?».

Riapparse la faccia a culo di gallina di Ragonese.

«E da qui è nato il grottesco equivoco. Credendo...».

Montalbano astutò. Era arraggiato contro Bausan non perché gli aveva sparato, ma per quello che aveva detto. Pigliò il telefono.

«Brondo, Cadarella?».

«Sentimi, gran curnutu e figliu di buttana...».

«Cadarè, non mi riconosci? Montalbano zono».

«Ah, vossia è, dottori? Raffriddato è?».

«No, Cadarè, mi spercia di parlare accussì. Pazzami Fazio».

«Di subito, dottori».

«Mi dica, dottore».

«Fazio, ghe fine ha fatto il revolver del vecchio?».

«Di Bausan, dice? L'ho ridato a lui».

«Ha il bordo d'armi?».

Ci fu una pausa imbarazzata.

«Non lo so, dottore. In quel casino, mi passò di mente».

«Va bene. Cioè va male. Ora stezzo vai da quezto zignore e vedi come zta combinato. Ze non è in regola, agizci zecondo la legge. Non zi può lazdiare libero un vecchio rimbambito che zpara a porci e a cani».

«Capito, dottore».

Ecco fatto. Così il signor Bausan e la sua amabile signora avrebbero imparato che macari in Sicilia c'era tanticchia di legge. Tanticchia, ma c'era. Stava tornando a corcarsi che sonò il telefono.

«Brondo?».

«Salvo, amore, perché hai questa voce? Dormivi o sei raffreddato?».

«La zeconda che hai detto».

«Ti ho chiamato in ufficio, ma mi hanno risposto che eri a casa. Dimmi come è andata».

«Ghe vuoi ghe ti dica? È ztata una coza comica. Io ztavo nudo e lui mi ha zparato. E cozì mi zono raffreddado».

«Tu tu ti ti...».

«Ghe zignifica tututiti?».

«Tu... tu ti sei messo nudo davanti al Questore e quello ti ha sparato?».

Montalbano strammò.

«Livia, perché mi dovevo mettere nudo davanti al Questore?».

«Perché tu ieri sera mi hai detto che stamattina, cascasse il mondo, saresti andato a presentare le tue dimissioni!».

Con la mano libera, Montalbano si diede una gran manata sulla fronte. Le dimissioni! Se ne era completamente scordato!

«Vedi, Livia, damattina, mentre fazevo il morto, c'era un morto che...».

«Ciao» l'interruppe Livia arraggiata. «Devo andare in ufficio. Quando ti torna l'uso della parola, mi chiami».

L'unica era pigliarisi un'altra spirina, incuponarsi e sudare alla dannata.

Prima d'inoltrarsi nel paese del sonno, gli capitò di fare, del tutto involontariamente, una specie di ripasso del suo incontro col catafero.

Arrivato al punto nel quale gli sollevava il braccio per infilarvi il costume e mentre glielo arravugliava attorno al polso la sua pellicola mentale s'arrestò e tornò narrè, come in un tavolo di montaggio. Braccio sollevato, costume infilato, costume arravugliato... Stop. Braccio sollevato, costume infilato... E qui il sonno ebbe la meglio.

Alle sei di sira era addritta, aveva durmuto come un picciliddro e sentiva che la botta di raffreddore gli era quasi passata. Bisognava però per quel giorno portare pacienza e starsene a casa.

Provava ancora tanticchia di stanchizza, ma ne capiva la scascione: era la somma della notte 'nfami, della nuotata, della faticata per portare a terra il morto, del colpo di sbarra in testa e, soprattutto, della caduta di tensione per non essere andato dal Questore. Si chiuse in bagno, si fece una doccia lunghissima, si rasò accuratamente, si vestì come se dovesse andare in ufficio. Invece, deciso e tranquillo, telefonò alla Questura di Montelusa.

«Pronto? Il commissario Montalbano sono. Vorrei parlare col signor Questore. È urgente».

Dovette aspettare pochi secondi.

«Montalbano? Sono Lattes. Come sta? Come sta la famiglia?».

Bih, che camurria! Il dottor Lattes, capo di gabinetto, detto «Lattes e miele» per l'untuosità, era uno che leg-

35

geva «L'Avvenire» e «Famiglia cristiana». Era pirsuaso che ogni omo stimabile dovesse avere moglie e numerosa prole. E siccome stimava a modo suo Montalbano, nisciuno arrinisciva a levargli dalla testa che il commissario non era maritato.

«Tutti bene, ringraziando la Madonna» fece Montalbano.

Oramà aveva imparato che quel «ringraziando la Madonna» provocava la disponibilità massima di Lattes.

«Posso esserle utile?».

«Vorrei conferire col signor Questore».

Conferire! Montalbano si disprezzò. Ma quando si aveva a che fare coi burocrati la meglio era parlare come loro.

«Ma il signor Questore non c'è. È stato convocato da *(pausa)* Sua Eccellenza il Ministro, a Roma».

La pausa, e Montalbano ne ebbe chiara la visione, era stata provocata dalla rispettosa susuta addritta del dottor Lattes dovendo nominare, sia pure non invano, Sua Eccellenza.

«Ah!» fece Montalbano sentendosi ammosciare. «E sa quanto tempo resterà fuori?».

«Ancora due o tre giorni, credo. Posso esserle utile io?».

«La ringrazio, dottore. Aspetterò che torni».

«... *e passeranno i giorni...*» canticchiò tra sé con raggia mentre sbatteva il ricevitore.

Ora aveva la 'mpressione d'essere un palloncino sgonfiato. Appena decideva di dare, anzi rassegnare, così abbisognava dire, le dimissioni, qualichi cosa si metteva di traverso. S'addunò che, a malgrado della stanchizza aggravata dalla telefonata, gli era smorcato un pititto lupigno.

Erano le sei e dieci, ancora non era ora di cena. Ma chi l'ha detto che uno deve mangiare a orario stabilito? Andò in cucina, raprì il frigorifero. Adelina gli aveva priparato un piatto da malati: merluzzi bolliti. Solo che erano enormi, freschissimi e in numero di sei. Non li quadiò, gli piacevano friddi conditi con oglio, poche gocce di limone e sale. Il pane Adelina l'aveva accattato in matinata: una scanata cummigliata di giuggiulena, quei semi di sesamo meravigliosi a mangiarseli raccogliendoli a uno a uno, quando cadono sulla tovaglia, facendoli appicciare all'indice leggermente bagnato di saliva. Conzò la tavola sulla verandina e se la scialò assaporando ogni boccone come se fosse l'ultimo della sua esistenzia.

Quanno sparecchiò, erano di picca passate le otto. E ora come spardava il tempo fino a quanno si faciva notti? Di primo acchitto il problema glielo arrisolse Fazio che tuppiò alla porta.

«Bonasira, dottore. Vengo a riferirle. Come si sente?».

«Molto meglio, grazie. Accomodati. Che hai fatto con Bausan?».

Fazio s'assistimò meglio sulla seggia, tirò fora dalla sacchetta un pizzino, principiò a leggerlo.

«Bausan Angelo fu Angelo e fu Crestin Angela, nato a...».

«Tutti angeli, da quelle parti» l'interruppe il commissario. «E ora scegli. O ti rimetti quel pizzino in sacchetta o ti piglio a pidate».

Fazio soffocò il suo «complesso dell'anagrafe», come lo chiamava il commissario, si rimise dignitosamente il pizzino in sacchetta e disse:

«Dottore, dopo la sua telefonata, mi sono immediatamente portato nella casa dove abita questo Bausan Angelo. L'abitazione, che dista da qua qualche centinaro di metri, appartiene a suo genero, Rotondò Maurizio. Bausan non ha porto d'armi. Per farmi consegnare il revolver, lei non ha idea di quello che ho dovuto passare. Tra l'altro, mi sono pigliato una botta in testa che m'ha dato sò mogliere con la scopa. La scopa della signora Bausan è un'arma impropria e la vecchia ha una forza... Lei ne sa qualcosa».

«Perché non ti voleva dare il revolver?».

«Perché secondo lui doveva riconsegnarlo all'amico che glielo aveva prestato. Quest'amico si chiama Pausin Roberto. Ho trasmesso le sue generalità alla Questura di Treviso. Il vecchio l'ho portato in carcere. Ora a lui ci penserà il gip».

«Novità sul cadavere?».

«Quello che lei ha trovato?».

«E quale sennò?».

«Guardi, dottore, che mentre lei se ne stava qua, a Vigàta e dintorni sono stati trovati altri due morti».

«A me interessa quello che ho trovato io».

«Nessuna novità, dottore. Sicuramente si tratta di qualche extracomunitario annegato durante la traversata. Comunque, a quest'ora, il dottor Pasquano avrà fatto l'autopsia».

Manco a farlo apposta, sonò il telefono.

«Rispondi tu» disse Montalbano.

Fazio allungò una mano, sollevò la cornetta.

«Casa del dottor Montalbano. Chi sono io? Sono l'ispettore Fazio. Ah, è lei? Mi scusi, non l'avevo riconosciuta. Glielo passo subito».

Pruì il ricevitore al commissario.

«È il dottor Pasquano».

Pasquano?! E quanno mai era capitato che il dottor Pasquano gli avesse fatto una telefonata? Cosa grossa doveva essere.

Tre

«Pronto? Montalbano sono. Mi dica, dottore».

«Me la spiega una cosa?».

«Agli ordini».

«Com'è che tutte le altre volte, quando mi ha fatto gentilmente pervenire un cadavere, mi ha scassato i cabasisi per avere immediatamente i risultati dell'esame autoptico e questa volta invece se ne è stracatafottuto?».

«Vede, è capitato che...».

«Glielo dico io che cosa è capitato. Lei si è fatto convinto che quel morto che è venuto a farsi recuperare da lei fosse un povirazzo di extracomunitario vittima di un naufragio, uno di quei cinquecento e passa morti che galleggiano nel Canale di Sicilia, che a momenti si potrà andare in Tunisia a piedi, camminandoci di sopra. E se ne è lavato le mani. Tanto, uno più uno meno che conta?».

«Dottore, se ha gana di sfogarsi sopra di me per qualcosa che le è andato storto, faccia pure. Ma lei sa bene che non la penso così. E inoltre, stamattina...».

«Ah, sì! Stamattina lei era impegnato a esibire i suoi attributi virili al concorso per "Mister commissario". L'ho vista a "Televigàta". Mi dicono che ha avuto quella cosa lì, come si chiama, un'audience altissima. Complimenti, ad majora».

Pasquano era fatto accussì, era grevio, 'ntipatico, aggressivo, indisponente. Il commissario sapeva però che si trattava di una forma istintiva ed esasperata di difesa da tutto e da tutti. Passò al contrattacco, usando il tono che ci voleva.

«Dottore, posso sapere perché mi viene a rompere a casa mia a quest'ora?».

Pasquano apprezzò.

«Perché le cose penso che non stiano come sembrano».

«E cioè?».

«Intanto il morto è nostrano».

«Ah».

«E poi, secondo me, l'hanno ammazzato. Ho fatto solo una ricognizione superficiale, badi bene, non ho aperto».

«Ha trovato ferite da arma da fuoco?».

«No».

«Da taglio?».

«No».

«Da esplosione atomica?» fece Montalbano che si era stuffato. «Dottore, che è, un quiz? Si vuole spiegare?».

«Domani pomeriggio venga qui e il mio illustre collega Mistretta, che eseguirà l'autopsia, le riferirà la mia opinione che però, badi bene, lui non condivide».

«Mistretta? Perché, lei non c'è?».

«No, io no. Parto domani mattina presto, vado a trovare mia sorella che non sta tanto bene».

Allora Montalbano capì perché Pasquano gli aveva telefonato. Era un gesto di cortesia, d'amicizia. Il dottore sapeva quanto Montalbano detestava il dottor Mistretta, omo supponente e pretenzioso.

«Mistretta» proseguì Pasquano «come le ho già detto, non è d'accordo con me su questo caso. Ecco perché ho voluto dirle, privatamente, quello che ne pensavo».

«Arrivo» disse Montalbano.

«Dove?».

«Da lei, in ufficio».

«Non sono in ufficio, sono a casa mia, stiamo preparando le valigie».

«Vengo a casa sua».

«No, guardi, c'è troppo disordine. Vediamoci al primo bar di viale Libertà, d'accordo? Non mi faccia perdere troppo tempo perché mi devo alzare presto».

Liquidò Fazio che si era messo di curiosità e insisteva per saperne di più, si diede una rapida rilavata, si mise in macchina e partì per Montelusa. Il primo bar di viale Libertà inclinava allo squallido, Montalbano c'era stato una sola volta e gli era bastato e superchiato. Trasì e vitti subito il dottor Pasquano assittato a un tavolino.

S'assittò macari lui.

«Che piglia?» spiò Pasquano che si stava bevendo un cafè.

«Quello che ha pigliato lei».

Stettero in silenzio fino a quando non arrivò il cammareri con la seconda tazzina.

«Allora?» attaccò Montalbano.

«Ha visto in che condizioni era il cadavere?».

«Beh, mentre lo rimorchiavo avevo scanto che gli si staccava il braccio».

«Se lo trainava ancora un po', sarebbe capitato» fece Pasquano. «Quel poveraccio è stato in acqua più di un mese».

«Quindi la morte risalirebbe al mese passato?».

«Pressappoco. Dato lo stato del cadavere mi viene difficile…».

«Aveva ancora segni particolari?».

«Gli hanno sparato».

«Allora perché mi ha detto che non…».

«Montalbano, mi lascia finire? Aveva una vecchia ferita d'arma da fuoco alla gamba mancina. Il proiettile gli ha scheggiato l'osso. È una cosa che risale a qualche anno fa. Me ne sono accorto perché la gamba era stata scarnificata dal mare. Forse zoppicava leggermente».

«Secondo lei che età aveva?».

«Approssimativamente, una quarantina d'anni. E sicuramente non è un extracomunitario. Però sarà difficile identificarlo».

«Niente impronte digitali?».

«Scherza?».

«Dottore, perché si è fatto persuaso che si tratta di un omicidio?».

«È una mia opinione, badi bene. Vede, il corpo è pieno di ferite causate dagli scogli contro i quali è andato a sbattere ripetutamente».

43

«Non ci sono scogli dalle parti dove l'ho raccolto».

«E che ne sa da dove viene? Ha navigato a lungo prima di venirsi a offrire a lei. Tra l'altro è stato mangiato dai granchi, ne aveva ancora due in gola, morti... Dicevo che è pieno di ferite naturalmente asimmetriche, tutte post mortem. Ma ce ne sono quattro che sono simmetriche e perfettamente definite, circolari».

«Dove?».

«Ai polsi e alle caviglie».

«Ecco che era!» esclamò Montalbano sobbalzando.

Prima di addormentarsi nel doppopranzo gli era tornato a mente un particolare che non aveva saputo decifrare: il braccio, il costume arravugliato attorno al polso...

«Era un taglio tutto torno torno al polso mancino» disse lentamente.

«L'ha notato macari lei? E c'era pure attorno all'altro polso e alle caviglie. Questo, a mio parere, significa una sola cosa...».

«Che lo tenevano legato» concluse il commissario.

«Esattamente. Ma sa con che cosa l'avevano legato? Col filo di ferro. Stringendolo tanto da segargli la carne. Se si fosse trattato di corda o di nylon le ferite non sarebbero state tanto profonde da arrivare quasi all'osso e inoltre sicuramente ne avremmo trovato tracce. No, prima di annegarlo, il filo di ferro glielo hanno levato. Volevano far credere a un normale annegamento».

«Non c'è speranza di riuscire ad avere qualche prova scientifica?».

«Ci sarebbe. E dipende dal dottor Mistretta. Bisognerebbe ordinare delle analisi speciali a Palermo per vedere se lungo le ferite circolari ai polsi e alle caviglie siano rimaste tracce di metallo o di ruggine. Ma è cosa lunga. E questo è quanto. Sto facendo tardi».

«Grazie di tutto, dottore».

Si strinsero la mano. Il commissario si rimise in macchina e partì, perso nei sò pinsèri, caminando lentamente. Una macchina si mise darrè e lampeggiò a rimprovero della lentezza. Montalbano si spostò di lato e l'altra auto, una sorta di siluro argentato, lo sorpassò e si fermò di colpo. Santiando, il commissario frenò. Alla luce dei fari, vitti nesciri dal finestrino del siluro una mano che gli fece le corna. Fora dalla grazia di Dio, scinnì per attaccare turilla. Macari il pilota del siluro scinnì. E Montalbano si bloccò. Era Ingrid che gli sorrideva allargando le braccia.

«Ho riconosciuto la macchina» disse la svidisa.

Da quanto tempo non si vedevano? Da almeno un anno, sicuro. S'abbrazzarono con forza, Ingrid lo baciò, poi stese le vrazza e l'allontanò per osservarlo meglio.

«Ti ho visto nudo in televisione» disse ridendo. «Sei ancora un gran fico».

«E tu sei ancora più bella» disse, sincero, il commissario.

Ingrid l'abbrazzò di nuovo.

«Livia è qua?».

«No».

«Allora verrei a sedermi un pochino sulla verandina».

«D'accordo».

«Aspetta che mi libero da un impegno».

Parlottò al telefonino, poi spiò:

«Whisky ne hai?».

«Una bottiglia non ancora aperta. Ecco, Ingrid, pigliati le chiavi di casa mia e vai avanti. Non ce la faccio a stare dietro a te».

La svidisa rise, pigliò le chiavi ed era già scomparsa mentre ancora il commissario tentava di mettere in moto. Era contento di quell'incontro che gli avrebbe consentito, a parte il piacere di passare qualche orata con una vecchia amica, di mettere la distanza necessaria a ragionare, con la mente fridda, supra a quello che gli aveva rivelato il dottor Pasquano.

Quando arrivò a Marinella, Ingrid gli si fece incontro, l'abbracciò, se lo tenne stritto.

«Sono autorizzata» gli disse all'orecchio.

«Da chi?».

«Da Livia. Appena sono arrivata ho risposto al telefono che squillava. Non avrei dovuto farlo, lo so, ma mi è venuto spontaneo. Era lei. Le ho detto che saresti arrivato a momenti, ma ha risposto che non avrebbe richiamato. Mi ha detto che non sei stato tanto bene e che, come infermiera, ero autorizzata a curarti e a confortarti. E io so curare e confortare solo in questo modo».

Minchia! Livia doveva essersi abbuttata seriamente. Ingrid non aveva capito, o faceva finta di non capire, l'ironia velenosa di Livia.

«Scusami» disse Montalbano liberandosi dall'abbraccio.

Formò il numero di Boccadasse, ma risultò occupato. Sicuramente aveva staccato il ricevitore. Riprovò, mentre Ingrid si muoveva casa casa, era andata a pigliare la bottiglia di whisky, aveva tirato fora dal freezer i cubetti di ghiaccio ed era nisciuta assistimandosi sulla verandina. Il telefono dava sempre occupato e il commissario s'arrinnì, andandosi a mettere allato a Ingrid sulla panchetta. Era una notte delicata, c'era qualche nuvola leggera, sfilata, e dal mare arrivava lo scruscio di una carezzevole risacca. Un pinsèro, anzi una domanda s'appresentò nella testa del commissario e lo fece sorridere. Quella notte sarebbe stata ugualmente idilliaca, l'avrebbe vista ugualmente accussì se non avesse avuto Ingrid al suo fianco, Ingrid che, dopo avergli preparato una dose generosa di whisky, ora se ne stava con la testa appuiata supra la sò spalla? Doppo, la svidisa si mise a parlare di sé e finì tre ore e mezzo appresso, quanno alla bottiglia mancavano quattro dita per essere ufficialmente dichiarata defunta. Disse di sò marito ch'era il solito strunzo e col quale era oramà separata in casa, contò d'essere andata in Svezia perché le era venuto spinno di famiglia («voi siciliani mi avete contagiata»), spiegò che aveva avuto due storie. La prima con un deputato di stretta osservanza chiesastra, che di nome faciva Frisella o Grisella, il commissario non capì bene, il quale avanti di mettersi a letto con lei s'agginucchiava 'n terra e addumannava a Dio perdono per il piccato che stava per commettere; la seconda, con un comandante di petroliere andato precocemente in pensione per una eredità ricevuta, poteva addiventare una cosa seria, ma lei aveva voluto troncarla. Quell'omo, che di nome faceva Lococo o Lococco, il commissario non capì bene, la squietava, la metteva a disagio. Ingrid aveva una straordinaria capacità di cogliere l'aspetto comico o grottesco dei suoi òmini e Montalbano s'addivirtì. Fu una serata rilassante meglio di un massaggio.

A malgrado di una doccia eterna e di quattro cafè vivuti uno appresso all'altro, quanno si mise in macchina aveva la testa ancora 'ntrunata a causa del troppo whisky della sera avanti. Per il resto, si sentiva completamente aggiustato.

«Dottori, s'arripigliò dal distrubbo?» gli spiò Catarella.

«M'arripigliai, grazie».

«Dottori, lo vitti in televisione. Matre santa che corporazione che tiene!».

Trasuto nella sò càmmara, chiamò Fazio il quale si apprecipitò, mangiato dalla curiosità di sapiri cosa aveva detto il dottor Pasquano. Però non spiò, non raprì vucca, sapeva benissimo che quelle erano jornate nìvure per il commissario, abbastava un biz per farlo addrumare come un cerino. Montalbano aspittò che si fosse assittato, fece finta di taliare delle carte per pura e semplice carognaggine perché vedeva benissimo la domanda addisegnata nella curvatura delle labbra di Fazio, ma voleva tanticchia lasciarlo cuocere. Tutto 'nzemmula disse, senza isare l'occhi dalle carte:

«Omicidio».

Pigliato alla sprovista, Fazio satò sulla seggia.

«Gli spararono?».

«Nze».

«L'accoltellarono?».

«Nze. L'annegarono».

«E come ha fatto il dottor Pasquano a...».

«Pasquano ha dato solamente una taliata al morto e si è fatto un'opinione. Ma è difficile assà che Pasquano sgarri».

«E su che cosa si basa, il dottore?».

Il commissario gli contò tutto. E aggiunse:

«Il fatto che Mistretta non sia d'accordo con Pasquano ci aiuta. Mistretta nel suo rapporto, alla voce: "causa del decesso", sicuramente scriverà: "annegamento", naturalmente adoperando parole scientifiche. E questo ci metterà al coperto. Potremo travagliare in pace senza rotture da parte del Questore, della Mobile e compagnia bella».

«E io che devo fare?».

«Per prima cosa, ti fai mandare una scheda segnaletica, altezza del morto, colore dei capelli, età, cose accussì».

«Macari una fotografia».

«Fazio, l'hai visto come era ridotto, no? Secondo te quella era una faccia?».

Fazio fece un'espressione sdillusa.

«Ti posso dire, se la cosa ti conforta, che probabilmente zuppiava, tempo fa gli avevano sparato a una gamba».

«Sempre difficile viene identificarlo».

«E tu provaci. Vedi macari le denunzie di scomparsa, Pasquano dice che il morto da almeno un mese era in crociera».

«Ci provo» disse dubitoso Fazio.

«Io nescio. Starò fora un due ore».

Si diresse al porto, fermò, scinnì e si avviò verso la banchina indovi ci stavano ormeggiati 'na para di pescherecci, gli altri erano già da tempo in mare. Ebbe un colpo di fortuna, il *Madre di Dio* era lì, stavano revisionandogli il motore. S'avvicinò e vitti il capitano-proprietario, Ciccio Albanese, che stava in coperta a sorvegliare le operazioni.

«Ciccio!».

«Commissario, lei è? Arrivo subito».

Da tempo che si accanoscevano e si facivano sangue. Albanese era un sissantino mangiato dalla salsedine, stava sui pescherecci da quanno aveva sei anni e di lui si diceva che nisciuno poteva stargli a paro in quanto a canuscenza del mare tra Vigàta e Malta, tra Vigàta e la Tunisia. Era capace di correggere carte nautiche e portolani. Si sussurrava in pàisi che in tempi di scarso travaglio non aveva disdegnato il contrabbando di sigarette.

«Ciccio, ti disturbo?».

«Nonsi, commissario. Pi vossia questo e altro».

Montalbano gli spiegò quello che voleva da lui. Albanese si limitò a spiare quanto tempo ci sarebbe voluto. Il commissario glielo disse.

«Picciotti, fra un due orate sono di ritorno».

E seguì Montalbano che andava verso la sua macchina. Fecero il viaggio in silenzio. La guardia all'obitorio disse al commissario che il dottor Mistretta non era ancora arrivato, che c'era solo Jacopello, l'assistente. Montalbano si sentì sollevato, l'eventuale incontro con Mistretta gli avrebbe rovinato il resto della jornata. Jacopello, che era un fedelissimo di Pasquano, a vedere il commissario s'illuminò.

«La billizza!».

Con Jacopello, il commissario sapeva di poter giocare allo scoperto.

«Questo è il mio amico Ciccio Albanese, omo di mare. Se c'era Mistretta, gli avremmo detto che il mio amico voleva vedere il morto perché temeva fosse un suo marinaio caduto in acqua. Ma con te non c'è bisogno di fare teatro. Se quando arriva Mistretta ti fa domande, tu hai la risposta pronta, d'accordo?».

«D'accordo. Seguitemi».

Il catafero era addivintato nel frattempo ancora più pàllito. La sua pelle pareva una spoglia di cipolla posata supra a uno scheletro con pezzi di carne attaccati qua e là alla sanfasò. Mentre Albanese l'esaminava, Montalbano spiò a Jacopello:

«Tu la conosci l'idea del dottor Pasquano su come hanno fatto morire questo povirazzo?».

«Certo. Ero presente alla discussione. Ma Mistretta torto ha. Taliasse vossia stesso».

I solchi circolari e profondi attorno ai polsi e alle caviglie avevano oltretutto assunto una specie di coloritura grigiastra.

«Jacopè, ci arrinesci a convincere Mistretta a far fare quella ricerca sui tessuti che voleva Pasquano?».

Jacopello si fece una risata.

«Ci scommette che ci arrinescio?».

«Scommettere cu tia? Mai».

Jacopello era accanosciuto come un patito della scommissa. Scommetteva su tutto, dalle previsioni del tempo a quante pirsone sarebbero decedute di morte naturale in una simana, e il bello era che perdeva di rado.

«Gli dirò che, per il sì e per il no, quest'analisi è meglio farla. Che figura ci fa se poi il commissario Montalbano viene a scoprire che non è stata una disgrazia ma un omicidio? Mistretta preferisce perdere il culo ma non la faccia. Però l'avverto, commissario, si tratta di esami longhi».

Solo sulla strata del ritorno Albanese s'addecise a nesciri dalla mutangheria. Raprì la vucca e murmuriò:

«Mah!».

«Ma come?» fece urtato il commissario. «Stai mezzora a taliare il morto e po' mi dici solo mah?».

«È tutto strammo» disse Albanese. «E dire che ne ho veduti di morti annegati. Ma questo è...».

S'interruppe, pigliato da un pinsèro.

«Secondo il dottore da quanto tempo era in acqua?».

«Da una mesata».

«Nonsi, commissario. Minimo minimo dù misate».

«Ma doppo due mesate non avremmo più trovato il cadavere, solo pezzi».

«E questo è lo strammo della cosa».

«Spiegati meglio, Ciccio».

«Il fatto è che non mi piace dire minchiate».

«Se sapessi quante ne dico e ne faccio io! Coraggio, Ciccio!».

«Ha visto le ferite provocate dagli scogli?».

«Sì».

«Sono superficiali, dottore. Il mese passato abbiamo avuto mare grosso per deci giorni di fila. Se il catafero andava a sbattere contro uno scoglio non avrebbe avuto questo tipo di ferite. Capace che gli si staccava la testa, gli si scassavano le costole, uno spunzone lo trapassava».

«E allora? Forse il corpo, in quelle male giornate che dici tu, si trovava a mare aperto e non ha incontrato scogli».

«Commissario, ma vossia l'ha trovato in una zona di mare indovi che le correnti vanno arriversa!».

«Cioè?».

«Lei l'ha trovato davanti a Marinella?».

«Sì».

«Là ci sono correnti che o portano al largo o procedono parallelamente alla costa. Bastavano due giorni e il catafero sarebbe arrivato a capo Russello. Vossia ci può mettere la mano sul foco».

Montalbano s'azzittì, riflettendo. Doppo disse:

«Questa facenna delle correnti dovresti spiegarmela meglio».

«Quanno vole vossia».

«Stasera sei libero?».

«Sissi. Pirchì non viene a mangiari a la mè casa? Mè mogliere ci pripara triglie di scoglio come sapi fare lei».

Di subito, la lingua di Montalbano annegò nella saliva, altro che acquolina!

«Grazie. Ma tu, Ciccio, che idea hai?».

«Pozzo parlari liberamenti? In primisi, gli scogli non lassano firute come quelle che il morto aviva torno torno ai polsi e alle caviglie».

«D'accordo».

«A quell'omo l'hanno annigato doppo averlo legato mani e pedi».

«Usando filo di ferro, secondo Pasquano».

«Giusto. Appresso hanno pigliato il catafero e l'hanno messo a maceriare in acqua di mare, in un posto in qualichi modo arriparato. Quanno gli è parso che era arrivato al punto giusto di salamoria, l'hanno varato».

«E perché avrebbero aspettato tanto?».

«Commissario, quelli volevano fari cridiri che il morto veniva da luntano».

Montalbano lo taliò ammirativo. E così Ciccio Albanese, omo di mare, non solo era arrivato alle stesse conclusioni di Pasquano, omo di scienza, e di Montalbano, omo di logica sbirresca, ma aviva fatto un gran passo avanti.

Quattro

Ma era scritto che delle triglie di scoglio priparate dalla mogliere di Ciccio Albanese il commissario non ne avrebbe sentito manco il sciauro alla lontana. Verso le otto di sira, quanno già si stava priparanno per nesciri dall'ufficio, gli arrivò una telefonata del vicequestore Riguccio. Si conoscevano da anni e, pur facendosi simpatia, avevano solo rapporti di lavoro. Bastava picca per passare all'amicizia, ma non si decidevano.

«Montalbano? Scusami, c'è qualcuno lì da voi in commissariato che porta occhiali da miope da tre e tre?».

«Boh» arrispose il commissario. «Qui ci stanno due agenti con gli occhiali, Cusumano e Torretta, ma non so le diottrie. Perché me lo domandi? È un censimento voluto dal tuo caro e amato ministro?».

Le idee politiche di Riguccio, assai vicine al nuovo governo, erano canosciute.

«Non ho tempo di babbiare, Salvo. Vedi se qualche paio può andare bene e me lo mandi prima possibile. I miei si sono rotti ora ora e io senza occhiali mi sento perso».

«Non ne hai un paro di ricambio in ufficio?» spiò Montalbano mentre chiamava Fazio.

«Sì, ma a Montelusa».

«Perché, tu dove sei?».

«Qua a Vigàta, sul porto. Servizio turistico».

Il commissario spiegò a Fazio la facenna.

«Riguccio? Ho mandato a vedere. Quanti sono sta-volta i turisti?».

«Almeno centocinquanta, su due motovedette nostre. Navigavano su due barconi che imbarcavano acqua e stavano andando a sbattere sugli scogli di Lampedusa. Gli scafisti, a quanto ho capito, li hanno abbandonati in mare e se ne sono scappati con un gommone. A mo-menti sti povirazzi annegavano tutti. La sai una cosa, Montalbà? Non ne posso più di vedere tutti sti di-sgraziati che...».

«Dillo ai tuoi amichetti del governo».

Tornò Fazio con un paro d'occhiali.

«L'occhio mancino è tre, l'occhio di dritta due e mez-zo».

Montalbano riferì.

«Perfetto» disse Riguccio. «Me li mandi? Le moto-vedette stanno attraccando».

Vai a sapiri pirchì, Montalbano addecise che glieli avrebbe portati lui, di pirsona pirsonalmenti, per dir-la alla Catarella. Riguccio, tutto sommato, era un gran galantomo. E pacienza se arrivava con tanticchia di ri-tardo a casa di Ciccio Albanese.

Era contento di non trovarsi al posto di Riguccio. Il Questore si era messo d'accordo con la Capitaneria la quale comunicava direttamente alla Questura di Mon-telusa ogni arrivo di extracomunitari. E allura Riguccio si partiva verso Vigàta con una teoria di pullman requisiti, automezzi carrichi di poliziotti, ambulanze, jeep. E ogni volta, tragedie, scene di chianti e di duluri. C'era da dare adenzia a fìmmine che stavano partorendo, a picciliddri scomparsi nella confusione, a pirsone che avivano perso la testa o che erano addiventate malate durante viaggi interminabili passati sopracoperta all'acqua e al vento. Quanno sbarcavano, l'aria frisca del mare non arrinisciva a disperdere l'odore insopportabile che si portavano appresso, che non era feto di gente mala lavata, ma feto di scanto, d'angoscia, di sofferenza, di disperazione arrivata a quel limite oltre il quale c'è sulamenti la spiranza della morti. Impossibile restare indifferenti e per questo Riguccio gli aveva confessato che non reggeva più.

Quanno arrivò sul porto, il commissario vitti che la prima motovedetta aviva già calato la passerella. I poliziotti si erano disposti su due file a formare una specie di corridoio umano fino al primo pullman che aspittava col motore addrumato. Riguccio, che era ai pedi della passerella, ringraziò appena Montalbano e inforcò gli occhiali. Il commissario ebbe l'impressione che il suo collega manco l'avesse raccanosciuto, tanto era attento a controllare la situazione.

Doppo, Riguccio desi il via allo sbarco. La prima a scinniri fu una fìmmina nìvura con una panza accussì grossa che pariva dovisse sgravarsi da un momento all'altro. Non ce la faceva a dari un passo. L'aiutavano un marinaro della motovedetta e un altro omo nìvuro. Arrivati all'ambulanza, ci fu turilla pirchì il nìvuro vuliva acchianarci 'nzemmula alla fìmmina. Il marinaro tentò di spiegare ai poliziotti che sicuramente quello era il marito, pirchì durante la traversata era stato sempre abbrazzato a lei. Non ci fu verso, non era possibile. L'ambulanza se ne partì a sirena addrumata. Allura il marinaro pigliò sottovrazzo il nìvuro che si era messo a chiangiri e l'accompagnò al pullman, parlandogli fitto fitto. Pigliato di curiosità, il commissario s'avvicinò. Il marinaro gli discurriva in dialetto, doviva essiri veneziano o di quelle parti, e il nìvuro non ci capiva nenti, ma si sintiva confortato l'istisso dal sono amico delle parole.

Montalbano aviva appena addeciso di tornarsene verso la sò macchina quanno vitti sbandare, variare come se fosse fatto di 'mbriachi, un gruppo di quattro extracomunitari che erano arrivati alla fine della passerella. Per un attimo, non si capì quello che stava succedendo. Doppo si vitti sbucare d'in mezzo alle gambe dei quattro un picciliddro che poteva aviri massimo massimo sei anni. Comparso all'improvviso, altrettanto improvvisamente spirì superando in un vidiri e svidiri lo schieramento degli agenti. Mentre due poliziotti pigliavano a correre all'inseguimento, Montalbano 'ntravitti il picciliddro che, con l'istinto di un armàlo braccato, si stava dirigendo verso la zona meno illuminata della banchina, dove c'erano i resti di un vecchio silos che, per sicurezza, era stato circondato torno torno da un muro. Non seppe mai cosa lo spinse a gridare:

«Fermi! Il commissario Montalbano sono! Tornate indietro! Vado io!».

I poliziotti obbedirono.

Ora il commissario aveva perso di vista il picciliddro, ma la direzione che aveva pigliato non lo poteva portare che in un solo posto e quel posto era un loco chiuso, una specie di vicolo cieco tra la parete posteriore del vecchio silos e il muro di recinzione del porto, che non permetteva altre strate di fuitina. Oltretutto lo spazio era ingombro di taniche e buttiglie vacanti, di centinara di cassette rotte di pisci, di almeno dù o tri motori scassati di pescherecci. Difficile cataminarsi in quel cafarnao di giorno, figurarsi alla splapita luce di un lampione! Sicuro che il picciliddro lo stava taliando, se la pigliò fintamente commoda, caminò con lintizza, un pedi leva e l'altro metti, s'addrumò persino una sigaretta. Arrivato all'imbocco di quel vudeddru si fermò e disse a voce vascia e quieta:

«Veni ccà, picciliddru, nenti ti fazzu».

Nisciuna risposta. Ma, attisando le grecchie, al di là della rumorata che arrivava dalla banchina, come una risaccata fatta di vociate, chianti, lamenti, biastemie, colpi di clacson, sirene, sgommate, nitidamente percepì l'ansimo sottile, l'affanno del picciliddro che doviva trovarsi ammucciato a pochi metri.

«Avanti, veni fora, nenti ti fazzu».

Sentì un fruscio. Veniva da una cascia di ligno proprio davanti a lui. Il picciliddro certamente vi si era raggomitolato darrè. Avrebbe potuto fare un salto e agguantarlo, ma preferì restarsene immobile. Poi vitti lentamente apparire le mano, le vrazza, la testa, il petto. Il resto del corpo restava cummigliato dalla cascia. Il picciliddro stava con le mano in alto, in segno di resa, l'occhi sbarracati dal terrore, ma si sforzava di non chiangiri, di non dimostrare debolezza.

Ma da quale angolo di 'nfernu viniva – si spiò improvvisamente sconvolto Montalbano – se già alla sò età aveva imparato quel terribile gesto delle mano isate che certamente non aviva visto fare né al cinema né alla televisione?

Ebbe una pronta risposta, pirchì tutto 'nzemmula nella sò testa ci fu come un lampo, un vero e proprio flash. E dintra a quel lampo, nella sò durata, scomparsero la cascia, il vicolo, il porto, Vigàta stessa, tutto scomparse e doppo arricomparse ricomposto nella grannizza e nel bianco e nero di una vecchia fotografia, vista tanti anni prima ma scattata ancora prima, in guerra, avanti che lui nascesse, e che mostrava un picciliddro ebreo, o polacco, con le mano in alto, l'istessi precisi occhi sbarracati, l'istissa pricisa volontà di non mittirisi a chiangiri, mentri un sordato gli puntava contro un fucile.

Il commissario sentì una violenta fitta al petto, un duluri che gli fece ammancari il sciato, scantato serrò le palpebre, li raprì nuovamente. E finalmente ogni cosa tornò alle proporzioni normali, alla luce reale, e il picciliddro non era più ebreo o polacco ma nuovamente un picciliddro nìvuro. Montalbano avanzò di un passo, gli pigliò le mano agghiazzate, le tenne stritte tra le sue. E arristò accussì, aspittanno che tanticchia del suo calore si trasmettesse a quelle dita niche niche. Solo quanno lo sentì principiare a rilassarsi, tenendolo per una mano, fece il primo passo. Il picciliddro lo seguì, affidandosi docilmente a lui. E a tradimento a Montalbano tornò a mente François, il piccolo tunisino che sarebbe potuto diventare suo figlio, come voleva Livia. Arriniscì a tempo a bloccare la commozione a costo di muzzicarsi quasi a sangue il labbro di sutta. Lo sbarco continuava.

A distanza vitti una fìmmina chiuttosto picciotta che faciva come una maria, con dù picciliddri attaccati alle sò gonne, urlava parole che non si capivano, si tirava i capiddri, battiva i pedi 'n terra, si strappava la cammisetta. Tri agenti tentavano di farla stare carma, ma non ce la facivano. Doppo, la fìmmina s'addunò del commissario e del picciliddro e allura non ci fu verso, ammuttò con tutta la forza gli agenti, s'appricipitò a vrazza tese verso la coppia. In quel momento capitarono dù cose. La prima fu che distintamente Montalbano avvertì che il picciliddro, a vedere la matre, s'irrigidiva, pronto a scappari nuovamente. Pirchì faciva accussì invece di andarle incontro? Montalbano lo taliò e s'addunò, con stupore, che il picciliddro taliava a lui, non la matre, con una dispirata domanda nell'occhi. Forse voleva essere lasciato libero di scapparsene, perché certamente la matre l'avrebbe vastoniato per la fuitina. La secunna cosa che capitò fu che la fìmmina, nella sò cursa, mise un pedi in fallo e cadì 'n terra. Gli agenti tentarono di farla susiri, ma non ci arriniscero pirchì quella non ce la faceva, si lamentiava, si toccava il ginocchio mancino. E intanto faceva 'nzinga al commissario di avvicinarle il figlio. Appena il picciliddro le fu a paro, l'abbrazzò, lo subissò di vasate. Però non era proprio capace di stare addritta. Si sforzava, ma ricadeva. Allora qualcuno chiamò l'ambulanza. Dalla macchina scinnero dù 'nfirmeri, uno sicco sicco coi baffi si calò sulla fìmmina, le toccò la gamma.

«Deve essersela rotta» disse.

La carricarono sull'ambulanza coi tre figli e partirono. Ora stavano principiando a scinniri quelli della secunna motovedetta, ma il commissario oramà aviva addeciso di tornarsene a Marinella. Taliò il ralogio: erano quasi le deci, inutile appresentarsi in casa di Ciccio Albanese. Addio triglie di scoglio. A quest'ora non l'aspittavano più. E inoltre, a essiri sinceri, gli si era chiuso lo stomaco, il pititto gli era completamente passato.

Appena arrivato a Marinella, telefonò. Ciccio Albanese gli disse che l'aviva aspittato a longo, ma doppo aviva capito che non sarebbe più arrivato.

«Resto sempri a disposizioni per la facenna delle correnti».

«Grazie, Ciccio».

«Se voli, datosi che dumani non nescio col peschereccio, posso passare da vossia, in commissariato, in matinata. Porto cu mia i scartafacci».

«D'accordo».

Sotto la doccia ci stette assà, a lavarsi le scene che aviva visto e che se le sentiva trasute, ridotte a invisibili frammenti, fin dintra i pori. Si rivestì col primo paro di pantaloni che gli capitò a tiro e andò nella càmmara di stare per parlare con Livia. Allungò la mano e il telefono squillò per i fatti suoi. Ritirò di scatto la mano come se avesse toccato il foco. Una reazione istintiva e incontrollata, certo, ma stava a dimostrare che, a malgrado la doccia, il pinsèro di quello che aveva visto sulla banchina del porto ancora travagliava dintra di lui e lo faciva essiri nirbùso.

«Ciao, amore. Stai bene?».

Di colpo sentì il bisogno di aviri Livia allato, di abbrazzarla, di farsi confortare da lei. Ma siccome era fatto com'era fatto, arrispose solamente:

«Sì».

«Passato il raffreddore?».

«Sì».

«Completamente?».

Avrebbe dovuto capire che Livia gli stava priparanno un trainello, ma era troppo nirbùso e con la testa appresso ad altre cose.

«Completamente».

«Quindi Ingrid deve averti curato bene. Dimmi che t'ha fatto. Ti ha messo a letto? Ti ha rimboccato le coperte? Ti ha cantato la ninna nanna?».

C'era caduto come un fissa! L'unica era contrattaccare.

«Senti, Livia, ho avuto una giornata veramente pesante. Sono molto stanco e non ho nessuna voglia di...».

«Sei proprio tanto stanco?».

«Sì».

«Perché non chiami Ingrid per farti tirare su?».

Con Livia avrebbe perso tutte le guerre d'aggressione. Forse con una guerra difensiva sarebbe andata meglio.

«Perché non vieni tu?».

Era partito per dire una battuta tattica, ma invece la disse con tale sincerità che Livia dovette imparpagliarsi.

«Dici sul serio?».

«Certo. Oggi che è, martedì? Bene, domani vai in ufficio e ti fai anticipare qualche giorno di ferie. Poi pigli un aereo e vieni».

«Quasi quasi...».

«Niente quasi».

«Salvo, se dipendesse solo da me... Abbiamo molto lavoro in ufficio. Comunque ci provo».

«Tra l'altro, ti voglio raccontare una cosa che mi è successa stasera».

«Raccontamela ora, dai».

«No, ti voglio taliare, scusami, guardare negli occhi mentre parlo».

Restarono al telefono una mezzorata. E avrebbero voluto restarci di più.

La telefonata però gli aviva fatto perdiri il notiziario di «Retelibera».

Addrumò lo stisso la televisione sintonizzandosi su «Televigàta».

La prima cosa che dissero fu che mentre centocinquanta extracomunitari venivano fatti sbarcare a Vigàta, era capitata una tragedia a Scroglitti, nella parte orientale dell'isola. Lì c'era malo tempo e un barcone accalcato di aspiranti immigrati era andato a sbattere sugli scogli. Quindici i corpi al momento recuperati.

« Ma il bilancio delle vittime è destinato a salire» disse un giornalista usando una frase, ahimè, fatta.

Intanto si vedevano immagini di corpi d'annegati, di vrazza che pinnuliavano inerti, di teste arrovesciate narrè, di picciliddri avvolti in inutili coperte che non avrebbero più potuto dare calore alla morte, di volti stravolti di soccorritori, di corse convulse verso ambulanze, di un parrino inginocchiato che pregava. Sconvolgenti. Sì, ma sconvolgenti per chi? – si spiò il commissario. A forza di vederle, quelle immagini così diverse e così simili, lentamente ci si abituava. Uno le taliava, diceva «povirazzi» e continuava a mangiarsi gli spaghetti con le vongole.

Su queste immagini, apparse la faccia a culo di gallina di Pippo Ragonese.

«In casi come questi» disse il notista principe della rete «è assolutamente necessario far ricorso alla freddezza della ragione senza lasciarsi sopraffare dall'istintività dei sentimenti. Bisogna riflettere su un fatto elementare: la nostra civiltà cristiana non può essere snaturata sin dalle fondamenta da orde incontrollate di disperati e di delinquenti che quotidianamente sbarcano sulle nostre coste. Questa gente rappresenta un autentico pericolo per noi, per l'Italia, per tutto il mondo occidentale. La legge Cozzi-Pini, recentemente varata dal nostro governo, è, checché ne dica l'opposizione, l'unico, vero baluardo all'invasione. Ma sentiamo il parere in proposito di un illuminato uomo politico, l'onorevole Cenzo Falpalà».

Falpalà era uno che tentava di fare la faccia di chi avverte che a lui nisciuno al mondo sarebbe arrinisciuto a pigliarlo per il culo.

«Ho solo una breve dichiarazione da fare. La legge Cozzi-Pini sta dimostrando di funzionare egregiamente e se gli immigrati muoiono è proprio perché la legge fornisce gli strumenti per perseguire gli scafisti che, in caso di difficoltà, non si fanno scrupoli di buttare a mare i disperati per non rischiare di essere arrestati. Inoltre vorrei dire che...».

Montalbano, di scatto, si susì e cangiò canale, più che arraggiato, avvilito da quella presuntuosa stupidità. Si illudevano di fermare una migrazione epocale con provvedimenti di polizia e con decreti legge. E s'arricordò che una volta aveva veduto, in un paese toscano, i cardini del portone di una chiesa distorti da una pressione accussì potente che li aveva fatti girare nel senso opposto a quello per cui erano stati fabbricati. Aveva domandato spiegazioni a uno del posto. E quello gli aveva contato che, al tempo della guerra, i nazisti avevano inserrato gli òmini del paese dintra alla chiesa, avevano chiuso il portone, e avevano cominciato a gettare bombe a mano dall'alto. Allora le pirsone, per la disperazione, avevano forzato la porta a raprirsi in senso contrario e molti erano arrinisciuti a scappare.

Ecco: quella gente che arrivava da tutte le parti più povere e devastate del mondo aveva in sé tanta forza, tanta disperazione da far girare i cardini della storia in senso contrario. Con buona pace di Cozzi, Pini, Falpalà e soci. I quali erano causa ed effetto di un mondo fatto di terroristi che ammazzavano tremila americani in un botto solo, di americani che consideravano centinara e centinara di morti civili come «effetti collaterali» dei loro bombardamenti, di automobilisti che scrafazzavano pirsone e non si fermavano a soccorrerle, di matri che ammazzavano i figli in culla senza un pirchì, di figli che scannavano matri, patri, fratelli e sorelle per soldi, di bilanci falsi che a norma di nuove regole non erano da considerarsi falsi, di gente che avrebbe dovuto da anni trovarsi in galera e invece non solo era libera, ma faciva e dettava liggi.

Per sbariarsi, per carmare tanticchia il nirbùso che gli era venuto, continuò a passare da un canale all'altro fino a quando non si fermò sull'immagine di due barche a vela, velocissime, che stavano disputando una gara.

«L'atteso, duro ma sportivissimo confronto tra le due barche da sempre rivali, la *Stardust* e la *Brigadoon*, volge ormai al termine. E ancora non riusciamo a pronosticare chi sarà la vincitrice di questa magnifica competizione. Il prossimo giro di boa sarà indubbiamente risolutivo» disse il commentatore.

Ci fu una panoramica da un elicottero. Appresso alle due di testa, arrancavano una decina di altre barche.

«Siamo alla boa» gridò il commentatore.

Una delle due barche manovrò, virò con estrema eleganza, girò torno torno alla boa, principiò a percorrere narrè la strata già fatta.

«Ma che succede alla *Stardust*? Qualcosa non va» fece agitato il commentatore.

Curiosamente, la *Stardust* non aveva accennato a nisciuna manovra, filava dritta più forte di prima, col vento in poppa, era proprio il caso di dirlo. Possibile che non si fosse addunata della boa? E allura capitò una cosa mai vista. La *Stardust*, evidentemente fuori controllo, forse col timone ingovernabile, andò a speronare con violenza una specie di piscariggio che si attrovava fermo sulla sua rotta.

«È incredibile! Ha preso in pieno la barca dei commissari di gara! Le due imbarcazioni stanno affondando! Ecco che affluiscono i primi soccorsi! Incredibile! Pare che non ci siano feriti. Credetemi, amici, in anni e anni di gare veliche non avevo mai visto una cosa così!».

E qui al commentatore venne da ridere. Macari Montalbano rise astutando il televisore.

Dormì malamente, facendo brevi sogni dai quali ogni volta s'arrisbigliava 'ntrunato. Uno lo colpì particolarmente. Si trovava col dottor Pasquano che doviva eseguire l'autopsia a un polipo.

Nessuno s'ammeravigliava, Pasquano e i suoi assistenti trattavano la facenna come un fatto di normalissima amministrazione. Solo a Montalbano la situazione pareva stramma.

«Scusi, dottore» spiava «ma da quando in qua si fa l'autopsia ai polipi?».

«Non lo sa? È una nuova disposizione del ministero».

«Ah. E dopo che ve ne fate dei resti?».

«Vengono distribuiti ai poveri che se li mangiano».

Ma il commissario non si faciva capace.

«Non arrinescio a capire il perché di questa disposizione».

Pasquano lo taliava a longo e doppo diceva:

«Perché le cose non stanno come sembrano».

E Montalbano s'arricordava che quella istissa frase il dottore gliela aveva detta a proposito del catafero da lui trovato.

«Vuol vedere?» spiava Pasquano isando il bisturi e calandolo.

E di colpo il polipo si cangiava in un picciliddro, un picciliddro nìvuro. Morto, certo, ma ancora con l'occhi sbarracati.

Mentri si faciva la varba, gli tornarono in testa le scene della sera avanti sulla banchina. E principiò ad avvertire, via via che a mente fridda gli passavano davanti, un senso di fastiddio, di disagio. C'era qualichi cosa che non quatrava, un dettaglio fora di posto.

S'incaponì a ripassare le scene, a metterle meglio a foco. Nenti. S'avvilì. Questo era un signo certo di vicchiaia, una volta avrebbe saputo trovare con certezza dov'era lo sfaglio, il particolare stonato nel quatro d'insieme.

Meglio non pinsarci più.

Cinque

Appena trasuto in ufficio, chiamò Fazio.

«Ci sono novità?».

Fazio fece la faccia ammaravigliata.

«Dottore, c'è stato troppo picca tempo. Sono ancora al carissimo amico. Certo, ho controllato le denunzie di scomparsa tanto di qua quanto di Montelusa...».

«Ah. Bravo!» fece il commissario con ariata grevia.

«Dottore, perché mi sfotte?».

«Tu pensi che quel morto si stava arricampando a la sò casa nuotando di primo matino?».

«Nonsi, ma non potevo trascurare di taliare macari qua. Poi ho spiato in giro, ma pare che nessuno lo conosce».

«Ti sei fatto dare la scheda?».

«Sissi. Età una quarantina d'anni, altezza 1 e 74, nero di pilo, occhi marroni. Corporatura robusta. Segni particolari: vecchia cicatrice alla gamba mancina poco sotto il ginocchio. Probabile zoppia. E questo è quanto».

«Non c'è da scialari».

«Già. Per questo ho fatto una cosa».

«Che hai fatto?».

«Beh, visto e considerato che vossia proprio non si

piglia col dottor Arquà sono andato alla Scientifica e ho domandato un favore a un amico».

«Cioè?».

«Se mi faceva al computer la probabile faccia che il morto aveva da vivo. Stasira stessa dovrebbe farmela avere».

«Guarda che io un favore ad Arquà non glielo spio manco scannato».

«Non si preoccupi dottore, resterà una cosa tra me e il mio amico».

«Intanto che pensi di fare?».

«Il commesso viaggiatore. Ora ho qualichi camurria da sbrigare, ma più tardi mi piglio la machina, la mia, e comincio a firriare i paesi sulla costa, tanto quelli di levante quanto quelli di ponente. Alla prima novità che viene fora, l'informo subito».

Appena nisciuto Fazio, la porta venne sbattuta violentemente contro il muro. Ma Montalbano manco si cataminò, sicuramente era Catarella. Oramà ci aviva fatto il caddro a queste trasute. Che fare? Sparargli?

Tenere la porta dell'ufficio sempre aperta? L'unica era portare pacienza.

«Dottori, mi scusasse, la mano mi sciddricò».

«Vieni avanti, Catarè».

Frase che, come intonazione, perfettamente corrispondeva al leggendario «vieni avanti, cretino» dei fratelli De Rege.

«Dottori, siccome che stamatina di prima matina tilifonò un giornalista spiando di lei di pirsona pirsonalmente, io ci voliva fare avvertenzia che disse accussì che lui rintinnifolerà».

«Ha detto come si chiamava?».

«Ponzio Pilato, dottori».

Ponzio Pilato?! Figurarsi se Catarella era capace di riferire esattamente un nome e un cognome!

«Catarè, quando Ponzio Pilato ritelefona digli che sono in una riunione urgente con Caifa, al Sinedrio».

«Caifa disse, dottori? Assicurato che non me lo sdimentico».

Ma non si schiovava dalla porta.

«Catarè, c'è cosa?».

«Aieri di sira siralmente tardo in televisore lo viditti a vossia».

«Catarè, ma tu passi il tuo tempo libero a guardarmi in televisione?».

«Nonsi, dottori, caso fu».

«Cos'era, una replica di quand'ero nudo? Si vede che ho fatto audience!».

«Nonsi, dottori, vistuto era. Lo viditti a menzanotti passata su "Retelibera". Era in di sulla panchina e diciva a dù dei nostri di tornare indietro narrè che ci averebbe pinsato a tutto vossia. Maria, quant'era comandevole, dottori!».

«Va bene, Catarè. Grazie, puoi andare».

Catarella lo prioccupava assà. Non perché aveva dubbi sulla sua normalità sessuale, ma perché se dava le dimissioni, come aviva oramà deciso, sicuramente quello avrebbe sofferto animalescamente, come un cane abbannunato dal patrone.

Ciccio Albanese s'appresentò verso le unnici a mani vacanti.

«Non hai portato i scartafacci che avevi detto?».

«Se ce le facevo vidiri le carte nautiche vossia le capiva?».

«No».

«E allura che le portavo a fari? Meglio che mi spiego a voce».

«Levami una curiosità, Ciccio. Voi comandanti di pescherecci usate tutti le carte?».

Albanese lo taliò ammammaloccuto.

«Vuole babbiare? Per il travaglio che facciamo, quel pezzo di mari che ci serve lo sapemo a mimoria. Tanticchia ce l'hanno imparato i nostri patri e tanticchia l'abbiamo imparato a spisi nostre. Per le novità, ci aiuta il radar. Ma il mari sempre l'istisso è».

«E allora tu perché le adoperi?».

«Io non le adopiro, dottore. Le taliò e le studdio pirchì è cosa che mi piaci a mia. Le carte non me le porto a bordo. Mi fido chiossà della pratica».

«Allora, che mi puoi dire?».

«Dottore, in primisi ci devo diri che stamatina, prima di viniri qua, andai a trovari a 'u zù Stefanu».

«Scusami, Ciccio, ma io non…».

«Stefano Lagùmina, ma tutti noi lo chiamamu 'u zù Stefanu, tiene novantacinco anni, ma avi una testa lucita che nun ce n'è. 'U zù Stefano ora non va cchiù pi mari, ma è il più vecchio piscatori di Vigàta. Prima aviva una paranza, doppo un piscariggio. Quello che lui dice, vangelo è».

«Hai voluto consultarti, insomma».

«Sissi. Io vuliva essiri sicuro di quello ca pinsavo. E 'u zù Stefanu è d'accordo con mia».

«E quali sono le vostre conclusioni?».

«Ora vegnu e mi spiegu. Il morto è stato purtato da una currenti superficiali che procedi a velocità sempre uguali da est a ovest e che noi accanosciamo beni. Indovi vossia ha incrociato il catafero, davanti a Marinella, quello è il punto che la correnti si viene a truvari più vicina alla costa. Mi spiegai?».

«Perfettamente. Vai avanti».

«Questa correnti è lenta. Lo sapi quanti nodi fa?».

«No, e manco lo voglio sapiri. E detto proprio in confidenza, non so a quanto corrisponde un nodo o un miglio».

«Il miglio a milliottocentocinquantuno metri e ottantacinque. In Italia. Pirchì invece in Inghilterra...».

«Lascia perdiri, Ciccio».

«Come voli vossia. Questa correnti veni da luntano e non è cosa nostrana. Bastisi diri che la truvamo già davanti a capo Passero. È da lì che trase nelle nostre acque e si fa tutta la costa fino a Mazara. Doppo, va avanti per i fatti sò».

E buonanotte! Questo veniva a significare che quel corpo poteva essere stato gettato in mare da un punto qualisisiasi della mezza costa meridionale dell'isola! Albanese liggì lo scoramento sulla faccia del commissario e gli venne in aiuto.

«Io lo saccio quello che vossia sta pinsando. Però ci devo diri una cosa 'mpurtanti. Questa correnti, tanticchia prima di Bianconara, viene tagliata da un'altra correnti più forti che camina arriversa. Per cui un catafero che si trova portato da Pachino verso Marinella, a Marinella non ci arrivirebbe mai pirchì la seconda correnti lo manderebbi nel golfo di Fela».

«Quindi questo significa che il fatto del mio morto è successo sicuramente dopo Bianconara».

«Preciso, dottore! Vossia capì tutti i cosi».

E perciò l'eventuale campo di ricerche s'arridduciva a una sittantina di chilometri di costa.

«E ora ci devo diri» proseguì Albanese «che parlai cu 'u zù Stefanu macari della condizione nella quale era arridotto il morto quanno lei lo trovò. Io lo vitti: l'omo era catafero da almeno dù misi. È d'accordo?».

«Sì».

«Allura io ci dico: un catafero non ci mette dù misi a fari la distanza tra Bianconara e Marinella. Massimo massimo c'impiega deci-quinnici jorna, calcolanno la velocità della correnti».

«E allora?».

Ciccio Albanese si susì, pruì la mano a Montalbano.

«Dottore, dari una risposta a questa dimanda non è cosa mia che sono marinaro, è cosa sò, che è commissario».

Perfetto gioco delle parti. Ciccio non voleva spingersi in un campo che non era il suo. A Montalbano non restò che ringraziarlo e accompagnarlo alla porta. Qui si fermò e chiamò Fazio.

«Ce l'hai una carta della provincia?».

«La trovo».

Quanno Fazio gliela portò, la taliò un momento e doppo disse:

«Ti do parte e consolazione che, in base a notizie che

mi ha dato Ciccio Albanese, il morto da identificare sicuramente ha bazzicato tra Bianconara e Marinella».

Fazio lo taliò ammammaloccuto:

«Embè?».

Il commissario s'arrisentì.

«Che significa embè? Questo riduce d'assà le ricerche!».

«Dottore, ma se lo sanno porci e cani, a Vigàta, che
quella corrente si parte da Bianconara! Io mai sarei andato a spiare informazioni fino a Fela!».

«D'accordo. Resta il fatto che ora sappiamo che si
tratta solamente di cinque paìsi da visitare».

«Cinque?».

«Cinque, sissignore! Vienili a contare sulla carta».

«Dottore, i paìsi otto sono. Ai cinque ci deve aggiungere Spigonella, Tricase e Bellavista».

Montalbano calò la testa sulla carta, la isò nuovamente.

«Questa carta è dell'anno passato. Com'è che non
compaiono?».

«Sono paìsi abusivi».

«Paìsi! Saranno quattro case che...».

Fazio l'interruppe facendo 'nzinga di no.

«Nonsi, dottore. Paìsi veri e propri sono. I proprietari di quelle case pagano l'Ici al comune più vicino.
Hanno fogne, acqua, luce, telefono. E ogni anno di-
ventano più grandi. Tanto lo sanno benissimo che
quelle case non saranno mai abbattute, nessun politico vuole perdere i voti. Mi spiegai? Doppo arriva una
sanatoria, un condono e campano tutti felici e contenti.

E non le dico la quantità di ville e villette costruite sulla spiaggia! Quattro o cinque hanno addirittura una specie di porticello privato».

«Sparisci!» ordinò Montalbano arraggiato.

«Dottore, vidissi che non è corpa mia» fece Fazio niscendo.

Nella tarda matinata gli arrivarono dù telefonate destinate a fargli peggiorare l'umore malo. La prima fu di Livia che gli disse di non essere arrinisciuta ad avere un anticipo delle ferie. La seconda fu di Jacopello, l'assistente di Pasquano.

«Commissario» esordì in un soffio. «Vossia è?».

«Sì, sono io» fece Montalbano abbassando istintivamente la voce.

Parevano due congiurati.

«Mi scusasse se parlo accussì, ma non mi voglio fare sentiri dai colleghi. Ci voleva diri che il dottor Mistretta anticipò a stamatina l'autopsia e che per lui si tratta d'annegamento. E questo viene a dire che non farà fare quelle analisi che voleva il dottor Pasquano. Io cercai di persuaderlo, ma non ci fu verso. Se lei faciva quella scummissa cu mia, la vinciva».

E ora? Come faciva a cataminarsi ufficialmente? Il rapporto di quella testa di minchia di Mistretta, escludendo l'omicidio, chiudeva le porte a ogni possibile indagine. E il commissario non aveva in mano manco una denunzia di scomparsa. Nessuna copertura. Al momento, quel morto era un nuddru ammiscatu cu nenti, un nulla mischiato col niente. Ma come diceva Eliot nella poesia «Morte per acqua», a proposito di Fleba, un fenicio morto annegato: «Gentile o Giudeo, / o tu che giri la ruota e guardi la direzione del vento, / pensa a Fleba...» lui a quel morto senza nome avrebbe continuato a pinsarci. Era un impegno d'onuri pirchì era stato il morto istisso, in una fridda prima matina, a venirlo a circari.

Si era fatta l'ora di andare a mangiare. Sì, ma dove? La conferma che il suo mondo aveva cominciato ad andare a scatafascio il commissario l'aviva avuta appena una misata appresso il G8, quanno alla fine di una mangiata di tutto rispetto, Calogero, il proprietario-coco-cammareri della trattoria «San Calogero», gli aviva annunziato che, sia pure di malavoglia, si ritirava.

«Stai cugliunanno, Calò?».

«Nonsi, dottore. Come vossia sapi, io ho dù bipass e sittantatri anni sunati. 'U medicu non voli cchiù che continuo a travagliari».

«E io?!» gli era scappato di dire a Montalbano.

Di colpo si era sentito infilici come un pirsonaggio dei romanzi popolari, la sedotta e abbandonata cacciata fora di casa col figlio della colpa in grembo, la piccola fiammiferaia sotto la neve, l'orfano che cerca nella munnizza qualichi cosa da mangiari...

Calogero, a risposta, aviva allargato le vrazza sconsolato. E doppo era arrivato il tirribili jorno nel quale Calogero gli aviva sussurrato:

«Dumani nun vinissi. È chiuso».

Si erano abbrazzati squasi chiangenno. Ed era principiata la viacruci. Tra ristoranti, trattorie, osterie ne provò, nei giorni appresso, una mezza duzzina, ma non erano cosa. Non che, in cuscienza, si poteva diri che cucinavano mali, il fatto era che a tutti gli mancava l'indefinibile tocco dei piatti di Calogero. Per un certo periodo, addecise di divintari casalingo e tornare a Marinella invece che in trattoria. Adelina un pasto al giorno glielo priparava, ma questo faciva nasciri un problema: se quel pasto se lo mangiava a mezzojorno, la sira doviva addubbare con tanticchia di cacio o aulive o sarde salate o salami; se viceversa se lo mangiava la sira, veniva a dire che a mezzojorno aviva addubbato con cacio, aulive, sarde salate, salami. A lungo andare, la cosa addivintava scunsolante. Si mise nuovamenti a caccia. Un ristorante bono l'attrovò nei paraggi di capo Russello. Stava proprio sulla spiaggia, le pietanze erano cosa civile e non si pagava assà. Il problema era che tra andare, mangiare e tornare ci volevano minimo minimo tri ore e lui tutto questo tempo non sempre ce l'aviva.

Quel giorno decise di provare una trattoria che gli aviva indicato Mimì.

«Tu ci hai mangiato?» gli spiò sospettoso Montalbano che non nutriva nessuna stima del palato di Augello.

«Io no, ma un amico che è più camurrioso di tia me ne ha detto bene».

Datosi che la trattoria, che si chiamava «da Enzo», si trovava nella parte alta del paìsi, il commissario si

rassegnò a pigliari l'auto. Da fora, la sala della trattoria s'appresentava come una costruzione in lamiera
ondulata, mentre la cucina doviva trovarsi dintra una
casa che c'era allato. C'era un senso di provisorio, di
arrangiato, che piacque a Montalbano. Trasì, s'assittò
a un tavolo libero. Un sissantino asciutto, gli occhi chiari chiari, che sorvegliava i movimenti dei dù cammareri, gli si avvicinò e gli si chiantò davanti senza rapriri
vucca manco per salutarlo. Sorrideva.

Montalbano lo taliò interrogativo.

«Io lo sapiva» disse l'omo.

«Che cosa?».

«Che doppo tanto firriari sarebbe vinuto qua. L'a-
spittavo».

Evidentemente in pàisi si era sparsa la voci della sua
viacruci in seguito alla chiusura della trattoria abituale.

«E io qua sono» fece asciutto il commissario.

Si taliarono occhi nell'occhi. La sfida all'ok corral era
lanciata. Enzo chiamò un cammareri:

«Apparecchia per il dottor Montalbano e stai attento alla sala. Io vado in cucina. Al commissario ci penso io pirsonalmente».

L'antipasto fatto solo di polipi alla strascinasali
parse fatto di mare condensato che si squagliava appena dintra alla vucca. La pasta col nìvuro di siccia
poteva battersi degnamente con quella di Calogero.
E nel misto di triglie, spigole e orate alla griglia il commissario ritrovò quel paradisiaco sapore che aveva
temuto perso per sempre. Un motivo principiò a so-
nargli dintra la testa, una specie di marcia trionfale.

Si stinnicchiò, beato, sulla seggia. Appresso tirò un respiro funnuto.

Doppo lunga e perigliosa navigazione, Ulisse finalmenti aviva attrovato la sò tanto circata Itaca.

Riconciliato in parte con l'esistenzia, si mise in machina dirigendosi verso il porto. Era inutile passare dalla putìa di càlia e simenza, a quell'ora era chiusa. Sulla banchina lasciò l'auto e principiò a caminare lungo il molo. Incontrò il solito piscatore di lenza che lo salutò con la mano.

«Abboccano?».

«Manco se li paghi».

Arrivò allo scoglio sotto al faro e s'assittò. S'addrumò una sigaretta e se la godette. Quanno l'ebbe finita, la gettò in mare. Lo scramuzzone, smosso leggermente dal movimento dell'acqua, andava a sfiorare ora lo scoglio sul quale lui stava assittato, ora un altro che gli stava a ridosso. Montalbano ebbe un pinsèro fulmineo. Se al posto dello scramuzzone ci fosse stato un corpo umano, quel corpo certamente sarebbe andato non a sfiorare, ma a sbattere sugli scogli, macari se non con violenza. Proprio come aveva detto Ciccio Albanese. Isando l'occhi, vitti a distanza la sò machina sulla banchina. Taliandola, si addunò che l'aveva messa nell'istisso intifico posto indovi, durante lo sbarco, si era fermato col picciliddro nìvuro mentri sò matri faciva tanto catunio sino a rompersi la gamba. Si susì, tornò narrè, gli era vinuta gana di sapiri com'era andata a finiri la facenna. Sicuramente la matri sta-

81

va nello spitali con la gamba 'ngissata. Trasì nel suo ufficio e telefonò subito a Riguccio:

«Oddio, Montalbà, che figura che sto facendo!».

«Quale figura?».

«Ancora non vi ho restituito gli occhiali. Me ne sono completamente scordato! Qua c'è un casino che...».

«Rigù, non ti telefonavo per gli occhiali. Volevo spiarti una cosa. I feriti, i malati, le femmine prene, in quale ospedali vanno?».

«Almeno tre ospedali di Montelusa, uno di...».

«Aspetta, m'interessano solo quelli sbarcati aieri a sira».

«Dammi un attimo».

Riguccio dovette evidentemente scartabellare tanticchia prima di rispondere:

«Qua, al San Gregorio».

Montalbano avvertì Catarella che sarebbe stato fora un'orata, si mise in machina, si fermò davanti a un bar, accattò tri tavolette di cioccolato, ripartì per Montelusa. Lo spitale San Gregorio era allocato fora città, ma da Vigàta ci si arrivava facili. Ci mise una vintina di minuti. Posteggiò, s'informò indovi era il reparto che aggiustavano l'ossa. Pigliò l'ascensore, acchianò sino al terzo piano e parlò con la prima 'nfirmera che incontrò.

Le disse che cercava un'extracomunitaria che la sira avanti si era rumputa una gamba sbarcando a Vigàta. Aggiunse, a migliore identificazione, che la fimmina si portava appresso tri picciliddri. La 'nfirmera parse tanticchia imparpagliata.

«Vuole aspettare qui? Faccio un controllo».

Tornò doppo una decina di minuti.

«È come pensavo. Non c'è ricoverata nessuna ex-tracomunitaria per frattura a una gamba. Ne abbiamo una che si è fratturata un braccio».

«Posso vederla?».

«Scusi, ma lei chi è?».

«Il commissario Montalbano sono».

La 'nfirmera gli desi una taliata. Dovette farsi pir-suasa che la pirsona che le stava davanti aviva proprio una faccia da sbirro perché disse solo:

«Mi segua».

L'extracomunitaria col vrazzo rotto in primisi non era nìvura, ma pariva che avesse pigliato la tintarella; in secundisi era graziusa, sicca e picciotta.

«Vede» fece Montalbano tanticchia in confusione «il fatto è che ho visto io stesso ieri sera gli infermieri che la portavano via in ambulanza...».

«Perché non prova a domandare al pronto soccorso?».

Eh, già. Era possibile che l'infirmeri si fosse sbagliato diagnosticando una frattura. Capace che la fìmmina si era pigliata solo una storta, e non c'era stato abbiso-gno di ricovero.

Al pronto soccorso, dei tre ch'erano in servizio la si-ra avanti, nisciuno s'arricordò d'aviri viduto una fìmmina nìvura con la gamba rotta e tri picciliddri al seguito.

«Chi era il medico di servizio?».

«Il dottor Mendolìa. Ma oggi è di riposo».

Faticanno e santianno, arriniscì ad aviri il suo numero di telefono. Il dottor Mendolìa fu cortese, ma deciso:

non aveva visto nessuna extracomunitaria con una frattura alla gamba. No, nemmeno con una storta. E con ciò, tanti saluti e sono.

Appena nisciuto sul piazzale dello spitale, vitti 'na poco d'ambulanze ferme. Poco distante, alcune pirsone in cammisi bianco parlavano tra di loro. S'avvicinò e subito arriconoscì l'infirmeri sicco sicco coi baffi. Macari l'altro l'arriconoscì.

«Lei ieri sera non era?...».

«Sì. Il commissario Montalbano sono. Dove ha portato quella fìmmina con la gamba rotta e i tre bambini?».

«Qua, al pronto soccorso. Però non aveva la gamba rotta, mi ero sbagliato. Tant'è vero che è scesa da sola, sia pure faticando. Io l'ho vista entrare al pronto soccorso».

«Perché non l'ha accompagnata personalmente?».

«Commissario mio, ci stavano chiamando per andare di corsa a Scroglitti. Lì c'era un macello. Perché, non la trova?».

Sei

Riguccio, visto alla luce del giorno, aviva la faccia giarna, le borse sotto all'occhi, la varba longa. Montalbano s'impressionò.

«Stai male?».

«Sono stanco. Io e i miei uomini non ce la facciamo più. Ogni sera c'è uno sbarco e ogni volta si tratta da un minimo di venti a un massimo di centocinquanta clandestini. Il Questore è andato a Roma proprio per spiegare la situazione e per chiedere altri uomini. Ma figurati! Tornerà accompagnato da tante belle parole. Che vuoi?».

Quanno Montalbano gli ebbe contato la scomparsa dell'extracomunitaria e dei tri picciliddri, Riguccio non disse né ai né bai. Si limitò a isare l'occhi dalle carte ammassate sulla scrivania e a taliarlo.

«Te la pigli commoda» sbottò il commissario.

«E che dovrei fare secondo te?» ribatté Riguccio.

«Mah, che so, far fare delle ricerche, mandare fonogrammi...».

«Ma tu ce l'hai con questi disgraziati?».

«Io?!».

«Eh, sì. Mi pare che tu ti vuoi accanire».

«Accanire io?! Sei tu che vai d'accordo con questo governo!».

«Non sempre. Certe volte sì e certe volte no. Montalbà, a farla breve, io sono uno che la domenica va a messa perché ci crede. Chiuso. Ora ti dico come sono andate le cose, ci sono dei precedenti. Vedi, quella fìmmina ha pigliato per il culo te, gli infermieri...».

«Ha fatto finta di cadere?».

«Sissignore, teatro. A lei interessava essere portata al pronto soccorso, dove è facile trasiri e nesciri a volontà».

«Ma perché? Aveva qualcosa da nascondere?».

«Probabilmente sì. Secondo me si tratta di un ricongiungimento familiare fatto al di fuori della legge».

«Spiegati meglio».

«Quasi certamente suo marito è un clandestino che però ha trovato dalle parti nostre un lavoro in nero. E ha richiamato la famiglia, servendosi di gente che con queste storie ci guadagna. Se la donna avesse fatto le cose in regola, avrebbe dovuto dichiarare che il marito è clandestino in Italia. E con la nuova legge si sarebbero trovati tutti nuovamente gettati fuori. Così hanno fatto ricorso a un accurzo, a una scorciatoia».

«Ho capito» disse il commissario.

Cavò dalla sacchetta le tre tavolette di cioccolato e le posò sul tavolo di Riguccio.

«Le avevo accattate per quei picciliddri» murmuriò.

«Le do al mio» fece Riguccio intascandole.

Montalbano lo taliò imparpagliato. Sapeva che il collega, maritato da sei anni, ci aveva perso le spranze di aviri un figlio. Riguccio accapì quello che gli stava passando per la testa.

«Teresa e io siamo riusciti ad adottare un picciliddro del Burundi. Ah, a momenti mi scordavo. Eccoti gli occhiali».

Catarella era inchiffarato al computer, ma appena vitti il commissario, lassò perdiri tutto e gli corse incontro.

«Ah dottori dottori!» principiò.

«Che stavi facendo al computer?» gli spiò Montalbano.

«Ah, quello? Trattasi di un'intintificazione che me l'addimannò Fazio. Di quel morto natante che attrovò vossia mentri che macari vossia natava».

«Va bene. Che mi volevi dire?».

Catarella s'imparpagliò, si taliò la punta delle scarpe.

«Beh?».

«Domando pirdonanza, ma me lo sdimenticai, dottori».

«Non ti preoccupare, quando ti torna a mente me lo...».

«Mi tornò, dottori! Di novo novamenti Ponzio Pilato tilifonò! Io ci dissi come vossia mi aveva detto di dire di dirci, che vossia era arreunito col signor Caifa e il signor Sinedrio, ma lui non si ne fece intiso, disse accussì di dire di dirci a vossia che ci deve dire una cosa».

«Va bene, Catarè. Se ritelefona, digli di dirti quello che mi deve dire e doppo me lo dici».

«Dottori, mi scusasse, sono pigliato di curiosità. Ma Ponzio Pilato non fu quello?».

«Quello chi?».

«Quello che nei tempi antichi si lavò le mano?».

«Sì».

«Allora questo che tilifona sarebbe un addiscendente?».

«Quando telefona, domandaglielo tu stesso. C'è Fazio?».

«Sissi, dottori. Ora ora tornò».

«Mandamelo».

«Permette che m'assetto?» spiò Fazio. «Rispetto parlanno, ho i pedi che mi fumano, tanto camminai. E ancora sono al principio».

S'assittò, cavò dalla sacchetta un mazzetto di fotografie, le pruì al commissario.

«Il mio amico della Scientifica me le ha fatto avere per tempo».

Montalbano le taliò. Rappresentavano la faccia di un quarantino qualisisiasi, in una era coi capelli lunghi, in un'altra coi baffi, in una terza coi capelli molto corti e via di questo passo. Ma erano, come dire, tutte assolutamente anonime, inerti, non erano personalizzate dalla luce dell'occhi.

«Sempre morto pare» disse il commissario.

«E che voleva, che lo facessero diventare vivo?» scattò Fazio. «Meglio di così non potevano. Se la ricorda com'era ridotta la faccia di quello? A mia saranno di grosso aiuto. Ne ho dato copia a Catarella per i riscontri d'archivio, ma sarà facenna longa, una gran bella camurria».

«Non ne dubito» disse Montalbano. «Ma ti vedo tanticchia nirbùso. C'è cosa?».

«Dottore, c'è che forse il travaglio che ho fatto e quello che mi resta da fare è inutile».

«Perché?».

«Noi stiamo cercando nei paesi a ripa di mare. E chi ci dice che quest'omo non sia stato ammazzato in un qualisisiasi paese dell'interno, messo in un portabagagli, portato su una spiaggia e gettato a mare?».

«Non credo. In genere, quelli che vengono ammazzati in campagna o in un paese dell'interno finiscono dintra a un pozzo o sprofunnati in un chiarchiaro. Comunque, chi ci vieta di cercare prima di tutto nei paesi a ripa di mare?».

«I poveri pedi miei ce lo vietano, dottore».

Prima di andarsi a corcare, telefonò a Livia. La trovò d'umore nìvuro perché non aveva avuto la possibilità di partire per Vigàta. Saggiamente, Montalbano la lasciò sfogare, di tanto in tanto facendo un «ehm» che serviva a certificare la sua attenzione. Poi Livia, senza soluzione di continuità, spiò:

«Che mi volevi dire?».

«Io?».

«Dai, Salvo. L'altra sera mi hai detto che mi avresti raccontato una cosa, ma che preferivi farlo di presenza. Io non posso essere presente e perciò ora mi dici tutto per telefono».

Montalbano maledì la sua lingua longa. Se Livia fosse stata davanti a lui mentre le faceva il racconto della scappatina del picciliddro durante lo sbarco, avrebbe opportunamente potuto dosare parole, toni e gesti per evitare che lei s'immalinconisse al ricordo di François. A un minimo cangiamento dell'espressione di lei avrebbe saputo come modificare il colore del discorso, ma così invece... Tentò una difesa estrema.

«Ma lo sai che proprio non mi ricordo che ti volevo dire?».

E subito si muzzicò le labbra, aveva fatto una minchiata. Macari a diecimila chilometri di distanza Livia, al telefono, dal tono della voce avrebbe immediatamente capito che le stava contando una farfantaria.

«Salvo, non ci provare. Avanti, dimmi».

Per i deci minuti che parlò, a Montalbano parse di caminare supra un campo minato. Livia non l'interruppe mai, non fece nessun commento.

«... e quindi il mio collega Riguccio è convinto che si è trattato di un ricongiungimento familiare, come lo chiama lui, felicemente riuscito» concluse asciucandosi il sudore.

Manco il lieto fine della storia fece reagire Livia. Il commissario s'appreoccupò.

«Livia, sei ancora lì?».

«Sì. Sto riflettendo».

Il tono era fermo, non c'era incrinatura nella voce.

«Su cosa? Non c'è niente da riflettere, è una storiellina senza nessuna importanza».

«Non dire cretinate. Ho capito anche perché avresti preferito raccontarmela di presenza».

«Ma che ti salta in testa, io non...».

«Lascia perdere».

Montalbano non sciatò.

«Certo che è strano» fece Livia doppo tanticchia.

«Che cosa?».

«A te sembra normale?».

«Ma se non mi dici cosa!».

«Il comportamento del bambino».

«Ti è parso strano?».

«Certo. Perché ha tentato di scappare?».

«Livia, cerca di renderti conto della situazione! Quel bambino doveva certamente essere in preda al panico».

«Non credo».

«E perché?».

«Perché un bambino in preda al panico, se ha la madre vicino, si aggrappa alla sua gonna con tutte le forze, come mi hai detto che facevano gli altri due più piccoli».

«Vero è» si disse nella sò testa il commissario.

«Quando si è arreso» continuò Livia «non si è arreso al nemico che eri tu in quel momento, ma alle circostanze. Con lucidità si è reso conto che non aveva più vie di fuga. Altro che panico!».

«Fammi capire» disse Montalbano. «Tu insomma supponi che quel bambino stava approfittando della situazione per scappare via da sua madre e dai suoi fratelli?».

«Se le cose stanno come me le hai raccontate, penso proprio di sì».

«Ma perché?».

«Questo non lo so. Forse non vuole rivedere suo padre, potrebbe essere una spiegazione logica».

«E preferisce andarsene alla ventura in un paese sconosciuto del quale non sa la lingua, senza un soldo, senza un appoggio, senza niente? Era un bambino di sì e no sei anni!».

«Salvo, avresti ragione se si fosse trattato di uno di noi, ma quei bambini là... Quelli sembrano avere sei anni, ma in quanto a esperienza sono già uomini fatti. Con la fame, la guerra, le stragi, la morte, la paura si fa presto a maturare».

«E macari questo è vero» si disse Montalbano nella sò testa.

Con una mano sollevò il linzolo, con l'altra s'appuiò al letto, isò la gamba mancina e restò accussì, folgorato.

Di colpo, si sentì agghiazzare. Perché gli era tornato tutto 'nzemmula a mente la taliata del picciliddro mentre lo teneva per una mano e sò matre correva per ripigliarselo. Allora non l'aveva capita, quella taliata; ora, doppo quello che aveva detto Livia, sì. L'occhi del picciliddro lo supplicavano. Gli dicevano: per carità, lasciami andare, lasciami scappare. E di non avere saputo di subito leggere il senso di quello sguardo s'incolpò amaramente mentre ripigliava a corcarsi. Perdeva colpi, era difficile ammetterlo, ma era accussì. Come aveva fatto a non addunarisi, per usare le parole del dottor Pasquano, che le cose non stavano come gli erano parse?

«Dottori? C'è al tilifono una 'nfermeria dello spitali di Montelusa, il San Gregorio...».

Che capitava a Catarella? Aviva detto giusto il nome dello spitali!

«E che vuole?».

«Vole parlari con lei di pirsona pirsonalmente. Dice che si chiama Militello Agata. La passo?».

«Sì».

«Commissario Montalbano? Sono Agata Militello e...».

Miracolo! Si chiamava veramente accussì. Che stava succedendo se Catarella aviva inzertato dù nomi di seguito?

«... sono infermiera al San Gregorio. Ho saputo che lei ieri è venuto qua per avere notizie di un'extracomunitaria con tre bambini e che non l'ha trovata. Io quella donna e i suoi tre figli li ho visti».

«Quando?».

«L'altra sera. Siccome stavano cominciando ad arrivare i feriti da Scroglitti, mi hanno chiamato dall'ospedale per riprendere servizio. Era il mio turno di riposo. Casa mia non dista molto, a lavorare ci vado a piedi. E così, arrivata nei paraggi dell'ospedale, ho visto questa donna che veniva verso di me di corsa trascinandosi appresso i tre bambini. Quando era quasi alla mia altezza, è arrivata una macchina che si è fermata di colpo. L'uomo che stava al volante ha chiamato la donna. Appena sono tutti saliti, è ripartito a velocità».

«Senta, le faccio una domanda che le sembrerà strana, ma la prego di pensarci bene prima di rispondere. Ha visto qualcosa che l'ha colpita?».

«In che senso?».

«Beh, non so... Per caso, il bambino più grande ha cercato di scappare prima di salire sull'auto?».

Militello Agata ci pinsò supra coscienziosamente.

«No, commissario. Il bambino più grande è salito per primo, spinto dalla madre. Poi gli altri due piccoli, la donna per ultima».

«È riuscita a vedere la targa?».

«No. Non mi è venuto in mente di farlo. Non ce n'era motivo».

«Infatti. La ringrazio».

E questa testimonianza veniva a chiudere definitivamente la facenna. Riguccio aveva ragione, si era trattato di un ricongiungimento familiare. Macari se il picciliddro più grande, su quel ricongiungimento, aveva pinione e sentimenti diversi.

La porta sbatté con violenza, Montalbano satò sulla seggia, un pezzetto d'intonaco si staccò a malgrado che fosse stato rifatto meno di un mese avanti. Isando l'occhi, il commissario vitti a Catarella fermo sulla soglia, stavolta non si era manco degnato di dire che gli era scappata la mano. Aveva un'ariata tale che una marcia trionfale sarebbe stata il sottofondo ideale.

«Beh?» spiò Montalbano.

Catarella gonfiò il petto e lanciò una specie di barrito. Dalla càmmara allato s'appreciptò allarmato Mimì.

«Che successe?».

«L'attrovai! L'intintificazioni feci!» urlò Catarella avanzando e posando sulla scrivania una foto ingrandita e una scheda stampata dal computer.

Tanto la foto grande quanto quella, assai più piccola, in alto a sinistra nella scheda parevano rappresentare l'istisso omo.

«Mi spiegate?» fece Mimì Augello.

«Certo, dottori» disse orgoglioso Catarella. «Chista fotorafia grandi mi la dette Fazio e rapprisenta l'omo morto che natava l'altra matina col dottori. Chista scheta invece l'intintificai io. Taliasse, dottori. Non sono una stampa e una figura?».

Mimì girò darrè la scrivania, si mise alle spalle del commissario, si calò a taliare. Doppo, emise il verdetto:

«Si assomigliano. Ma non sono la stessa persona».

«Dottori, ma vossia devi considerari una considerazioni» replicò Catarella.

«E quale?».

«Che la fotorafia granni non è una fotorafia ma un disigno fotorafato di una probbabili facci di morto. Disigno è. Errori può starci».

Mimì sinni niscì dall'ufficio, intestato:

«Non sono la stessa persona».

Catarella allargò le vrazza, taliò il commissario rimettendo a lui il suo destino. O nella polvere o sull'altar. Una certa somiglianza esisteva, questo era innegabile. Tanto valeva fare una prova. L'omo si chiamava Errera Ernesto, aveva un elenco di reati, tutti commessi a Cosenza e dintorni, che andavano dal furto con scasso alla rapina a mano armata ed era latitante da oltre due anni. Per risparmiare tempo, era meglio non seguire la procedura.

«Catarè, vai dal dottor Augello e fatti dire se abbiamo qualche amico alla Questura di Cosenza».

Catarella niscì, tornò, raprì la bocca e disse:

«Vattiato, dottori. Si chiama accussì».

Era vero. Per la terza volta, in un breve lasso di tempo, Catarella era tornato a inzertarci. Forse la fine del mondo era prossima?

«Telefona alla Questura di Cosenza, fatti dare il commissario Vattiato e passamelo».

Il collega di Cosenza era omo di malo carattere. Manco stavolta si smentì.

«Che c'è, Montalbano?».

«Forse avrei trovato un vostro ricercato, tale Errera Ernesto».

«Davvero?! L'hai arrestato? Ma non mi dire!».

Pirchì s'ammaravigliava tanto? Montalbano sentì feto d'abbrusciato.

S'inquartò a difesa.

«Ma quando mai! Semmai, ne avrei trovato il cadavere».

«Ma va'! Errera è morto quasi un anno fa ed è stato sepolto nel nostro cimitero. Così ha voluto la moglie».

Montalbano arraggiò per la vrigogna.

«Ma la sua scheda non è stata annullata, cazzo!».

«Noi abbiamo comunicato il decesso. Se poi quelli dello schedario non provvedono perché te la pigli con me?».

Riattaccarono contemporaneamente, senza salutarsi. Fu, per un attimo, tentato di chiamare Catarella e fargli pagare la malafiura fatta con Vattiato. Doppo ci ripensò. Che colpa ne aviva quel povirazzo di Catarella? Era colpa sua semmai se non si era lasciato persuadere da Mimì a lasciare perdere e aveva voluto insistere. E subito appresso un altro pinsèro lo ferì.

Qualche anno avanti sarebbe stato capace di distinguere tra chi aveva torto e chi aveva ragione? Avrebbe ammesso con la stessa tranquillità d'oggi l'errore commesso? E non era macari questo un segno di maturità o, per dirla tutta, di vicchiaia?

«Dottori? Ci sarebbi al tilifono il dottori Latte con la esse in funno. Che faccio, lo passo?».

«Certo».

«Dottor Montalbano? Come sta? Tutto bene in famiglia?».

«Non mi posso lamentare. Mi dica».

«Il signor Questore è appena arrivato da Roma e ha indetto una riunione plenaria per domani pomeriggio alle quindici. Ci sarà?».

«Naturalmente».

«Ho significato al signor Questore la sua richiesta di udienza. L'ascolterà domani stesso in coda alla riunione».

«La ringrazio, dottor Lattes».

E accussì era fatta. Il giorno appresso avrebbe presentato le dimissioni. E con tanti saluti, tra gli altri, macari al morto natante, come lo chiamava Catarella.

La sira, da Marinella, contò a Livia della testimonianza della 'nfirmera. A conclusione, quanno il commissario pinsava di averla completamente rassicurata, Livia se ne venne fora con un «mah!» assà dubitativo.

«Ma santo Dio!» scattò Montalbano. «Ti sei proprio intestardita! Non ti vuoi arrendere all'evidenza!».

«E tu ti ci arrendi troppo facilmente».

«Che vuol dire?».

«Vuol dire che in altri tempi avresti fatto dei riscontri sulla verità di quella testimonianza».

Montalbano arraggiò. «Altri tempi!». E che era, vecchio come 'u cuccu? Come Matusalemme?

«Non ho fatto i riscontri perché, come ti ho già detto, è una storia senza importanza. E poi...».

S'interruppe, sentì dintra al suo cireveddro gl'ingranaggi stridere per la brusca frenata.

«E poi?» incalzò Livia.

Tergiversare? Inventarsi una minchiata qualisisiasi? Ma figurati! Livia avrebbe capito subito. La meglio era dirle la verità.

«E poi domani pomeriggio vedo il Questore».

«Ah».

«Gli presenterò le dimissioni».

«Ah».

Pausa orrenda.

«Buonanotte» disse Livia.

E riattaccò.

Sette

S'arrisbigliò alle sett'albe, ma restò corcato, l'occhi aperti a taliare il soffitto che lentissimamente schiariva con il cielo. La splapita luce che trasiva dalla finestra era netta e fissa, non aveva le variazioni d'intensità dovute al passaggio delle nuvole. S'apprisentava una bella giornata. Meglio accussì, il tempo tinto non l'aiutava. Sarebbe stato più fermo e deciso nello spiegare al Questore le ragioni delle dimissioni. E a questa parola, gli tornò a mente un episodio che gli era capitato quanno, trasuto nella Polizia, ancora non era a Vigàta. Appresso si arricordò di quella volta che... E di quell'altra volta che... E tutto 'nzemmula il commissario capì il perché di quell'affollarsi di ricordi: dicono che quando uno è in punto di morte, gli passino davanti, come in una pellicola, le cose più importanti della sua vita. Stava capitando lo stesso a lui? Dentro di sé considerava le dimissioni come una vera e propria morte? Si riscosse sentendo lo squillo del telefono. Taliò il ralogio, si erano fatte le otto e non se ne era addunato. Matre santa, quanto era stato longo il film della sò vita! Pejo di «Via col vento!» Si susì, andò a rispondere.

«Buongiorno, dottore. Sono Fazio. Sto ripartendo per continuare quella ricerca...».

Stava per dirgli di lasciar perdiri, ma sinni pintì.

«... e siccome ho saputo che oggi doppopranzo deve vedere il Questore, le ho preparato le carte da firmare e le altre sulla sua scrivania».

«Grazie, Fazio. Novità?».

«Nessuna, dottore».

Dato che doveva andare in Questura nelle prime ore del pomeriggio e non avrebbe perciò avuto il tempo di tornare a Marinella per cangiarsi, dovette vestirsi di tutto punto. La cravatta però preferì infilarsela in sacchetta, se la sarebbe messa a tempo debito. Lo distrubbava assà andare in giro col cappio al collo fin dalla prima matina.

La pila di carte sulla scrivania era in equilibrio instabile. Se fosse trasuto Catarella sbattendo la porta al modo sò, si sarebbe riverificato il crollo della torre di Babele. Firmò per oltre un'orata senza mai isare gli occhi, doppo sentì il bisogno d'arriposarsi tanticchia. Decise d'andarsi a fumare una sigaretta fora. Niscì e, sul marciapiede, si mise una mano in sacchetta per pigliare pacchetto e accendino. Nenti, se li era scordati a Marinella. In compenso, al loro posto, ci stava la cravatta che aveva scelto, verde a pallini rossi. La fece scomparire di subito, taliandosi torno torno come fa un latro con un portafoglio appena borseggiato. Gesù! Com'era capitata quella cravatta ignobile tra le sue? E non si era addunato dei colori quando se l'era messa in sacchetta? Tornò dintra.

«Catarè, vedi se qualcuno può prestarmi una cravatta» disse passando per andare nel suo ufficio.

Catarella s'appresentò doppo cinco minuti con tri cravatti.

«Di chi sono?».

«Di Torretta, dottori».

«Quello stesso che ha prestato gli occhiali a Riguccio?».

«Sissi, dottori».

Scelse quella che faceva meno a botte col suo vestito grigio. Con un'altra orata e mezza di firme ce la fece a finire la pila. Si mise a cercare la borsa dintra alla quale infilava le carte quanno andava a rapporto. Mise santianno sottosopra l'ufficio, ma non ci fu verso di trovarla.

«Catarella!».

«Comandi, dottori!».

«Hai per caso visto la mia borsa?».

«Nonsi, dottori».

Quasi certamente se l'era portata a Marinella scordandosela lì.

«Vedi se qualcuno in ufficio...».

«Faccio subito provvidenza, dottori».

Tornò con due borse quasi nove, una nìvura, l'altra marrone. Montalbano sciglì la nìvura.

«Chi te le ha date?».

«Torretta, dottori».

Vuoi vedere che questo Torretta aveva aperto un emporio dintra al commissariato? Per un momento pinsò di andare a trovarlo nella sua càmmara, doppo rifletté che tanto della facenna oramà non gliene importava più niente. Trasì Mimì Augello.

«Dammi una sigaretta» fece Montalbano.

«Non fumo più».

Il commissario lo taliò ammammaloccuto.

«Te l'ha proibito il medico?».

«No. Per mia decisione».

«Ho capito. Sei passato alla coca?».

«Ma che minchiate dici?».

«Non è poi tanto una minchiata, Mimì. Oggi stanno facendo leggi severissime e quasi persecutorie contro i fumatori, seguendo macari in questo l'americani, mentre verso i cocainomani c'è maggiore tolleranza, tanto la pigliano tutti, sottosegretari, uomini politici, manager... Il fatto è che se ti fumi una sigaretta, quello che ti è allato può accusarti che lo stai avvelenando col fumo passivo, mentre non esiste la cocaina passiva. Insomma, la cocaina fa meno danno sociale rispetto al fumo. Quante piste sniffi al giorno, Mimì?».

«Oggi sei insistato sull'agro, mi pare. Ti sei sfogato?».

«Abbastanza».

Ma che cavolo stava succedendo? Catarella c'inzertava coi nomi, Mimì diventava virtuoso... In quel microcosmo ch'era il commissariato qualichi cosa stava cangiando, e questi erano altri segni che era arrivata l'ora di andarsene.

«Doppopranzo sono a rapporto dal Questore con gli altri colleghi. Ho domandato di parlargli in privato. Gli dirò delle mie dimissioni. Tu sei il solo a saperlo. Se il Questore le accetta subito, in serata do la notizia a tutti».

«Fai come ti pare» disse sgarbato Mimì susendosi e avviandosi alla porta.

Qui si fermò, si voltò.

«Sappi che ho deciso di non fumare più perché a Beba e al picciliddro che deve nascere può fare male. E in quanto alle dimissioni, forse fai bene ad andartene. Ti sei ingrigito, hai perso smalto, ironia, agilità mentale e persino carognaggine».

«Vaffanculo e mandami Catarella!» gli gridò appresso il commissario.

Abbastarono due secondi perché Catarella si materializzasse.

«Comandi, dottori».

«Vedi se Torretta ha un pacchetto di Multifilter rosse morbide e un accendino».

Catarella non parse strammato dalla richiesta. Scomparse e ricomparse con sigarette e accendino. Il commissario gli diede i soldi e niscì, spiandosi se nell'emporio Torretta avrebbe potuto trovare dei calzini che cominciavano a fagliargli. Appena sulla strata, gli venne spinno di un cafè fatto comu 'u Signuruzzu cumanna. Nel bar vicino al commissariato la televisione era, come sempre, addrumata. Era mezzojorno e mezzo, stavano trasmettendo la sigla del notiziario di «Televigàta». Spuntò il mezzobusto di Carla Rosso, una giornalista, che elencò le notizie secondo un ordine d'importanza che teneva conto dei gusti della gente. Per prima, annunziò la cronaca di un dramma della gelosia, un marito ottantino aveva ammazzato a coltellate la moglie sittantina. E di seguito: violento scontro tra un'auto sulla quale viaggiavano tre persone, tutte decedute, e un tir; rapina a mano armata in una filiale del Credito a Montelusa; carretta con un centinaio di clandestini avvistata al largo; nuovo atto di pirateria della strada: bambino extracomunitario, al quale non è stato possibile dare un nome, travolto e ucciso da auto che si è data alla fuga.

Montalbano si vippi in santa paci il cafè, pagò, salutò, niscì, addrumò la sigaretta, se la fumò, l'astutò sulla soglia del commissariato, salutò Catarella, trasì nella sò cammara, s'assittò e di colpo, sulla parete di fronte, apparse il televisore del bar, e dintra al televisore il mezzobusto di Carla Rosso che rapriva e chiudiva la vucca senza parole, pirchì le parole il commissario le sentiva dintra la sò testa:

«Bambino extracomunitario al quale non è stato possibile dare un nome...».

S'arritrovò addritta, che rifaceva di corsa la strata fatta e quasi quasi non sapiva pirchì. O almeno il pirchì lo sapiva, ma non voleva ammetterlo, la latata razionale del suo ciriveddro rifiutava quello che la latata irrazionale stava in quel momento cumannando di fare al resto del corpo, vale a dire ubbidire a un assurdo presentimento.

«Si scordò cosa?» spiò il barista vedendolo trasire sparato.

Manco gli rispose. Avevano cangiato canale, si vedeva il logo di «Retelibera» che stava trasmettendo una scenetta comica.

«Rimetti subito "Televigàta". Subito!» fece il commissario con una voce tanto fridda e vascia che il barista aggiarniò precipitandosi.

Era arrivato a tempo. La notizia era di così scarsa importanza che non venne manco accompagnata dalle immagini. Carla Rosso contò che un contadino, mentre di prima mattina si stava recando a lavorare nel suo campo, aveva visto un bambino extracomunitario che veniva travolto da un'auto rimasta sconosciuta. Il contadino aveva dato l'allarme, ma il bambino era arrivato privo di vita all'ospedale di Montechiaro. Quindi Carla Rosso, con un sorriso che le spaccava la faccia, augurò buon pranzo a tutti e scomparse.

Ci fu una specie di lotta tra le gambe del commissario che volevano andare di prescia e il suo cireviddro che invece imponeva passo normale e disinvolto. Evidentemente addivennero a un compromesso e la conseguenza fu che Montalbano si mise a caminare fino al commissariato come uno di quei pupi meccanici ai quali si sta scaricando la corda e vanno tanticchia di corsa e tanticchia al rallentatore. Si fermò sulla porta e gridò verso l'interno:

«Mimì! Mimì!».

«Oggi c'è la Bohème?» s'informò Augello comparendo.

«Sentimi bene. Non posso andare a rapporto dal Questore. Vacci tu. Sul mio tavolo ci sono le carte da fargli vedere».

«Che ti capitò?».

«Niente. E poi domandagli scusa per conto mio. Digli che della mia faccenda personale gli parlerò un'altra volta».

«E che scusa trovo?».

«Una di quelle scuse di cui sei maestro quando non vieni in ufficio».

«Posso sapere dove stai andando?».

«No».

Prioccupato, Augello restò sulla porta a vederlo partire.

Ammettendo che le gomme oramà lisce come il culo di un neonato ancora tenessero la strata; ammettendo che il serbatoio della benzina non si spirtusasse definitivamente; ammettendo che il motore reggesse a una velocità superiore agli ottanta orari; ammettendo che ci fosse scarso traffico, Montalbano calcolò che in un'orata e mezza ce l'avrebbe dovuto fare ad arrivare allo spitale di Montechiaro.

Ci fu un momento, mentre curriva a retini stise rischiando di andare a sbattere contro un'altra machina o un àrbolo, pirchì bravo guidatore mai lo era stato, che si sentì assugliare da un senso di ridicolaggine. Ma su quali basi stava facendo quello che faceva? Picciliddri extracomunitari in Sicilia dovivano essercene a centinara, che cosa l'autorizzava a sospettare che il nicareddro morto scrafazzato fosse quello che aveva pigliato per mano sulla banchina qualche sira avanti? Di una cosa era però certo: per mettersi in pace la cuscenza quel bambino lo doviva assolutamente vidiri, altrimenti il sospetto gli sarebbe rimasto dintra a macirialo, a tormentarlo. E se per caso non era lui, tanto meglio.

Significava che il ricongiungimento familiare, come diceva Riguccio, era perfettamente arrinisciuto.

Allo spitale di Montechiaro lo fecero parlare col dottor Quarantino, un picciotto affabile e cortese.

«Commissario, il bambino quando è arrivato qui era già morto. Penso che sia deceduto sul colpo. Che è stato molto, molto violento. Tanto da spezzargli la schiena».

Montalbano si sentì avvolgere come da una vintata fridda.

«L'hanno investito di schiena, dice?».·

«Certamente. Forse il bambino era fermo al bordo della strada e l'auto, che arrivava alle sue spalle a forte velocità, deve avere sbandato» ipotizzò il dottor Quarantino.

«Sa chi l'ha portato qui?».

«Sì, una nostra ambulanza chiamata dalla polizia stradale che è accorsa subito sul luogo dell'incidente».

«La polizia stradale di Montechiaro?».

«Sì».

E finalmente s'arrisolse a fare la domanda che ancora non era arrinisciuto a fare perché non ci aviva la forza.

«Il bambino è ancora qui?».

«Sì, nella nostra camera mortuaria».

«Potrei... potrei vederlo?».

«Certo. Venga con me».

Fecero un corridoio, pigliarono un ascensore, andarono sottoterra, imboccarono un altro corridoio, assai più squallido del primo, e finalmente il dottore si fermò davanti a una porta.

«È qua».

Una càmmara piccola, gelida e di luce splapita. Un tavolino, due seggie, uno scaffale di metallo. Pure di metallo era una parete, in realtà si trattava di una serie di cellette frigorifere a cassetto. Quarantino ne fece scorrere uno. Il corpicino era cummigliato da un linzolo. Il dottore cominciò a sollevarlo con delicatezza e Montalbano vitti in prima l'occhi sbarracati, l'istessi occhi coi quali il picciliddro sulla banchina l'aviva supplicato di lasciarlo correre via, di scappare. Non c'era dubbio.

«Basta così» disse a voce tanto vascia da parere un soffio.

Capì, dalla taliata che gli lanciò Quarantino, che qualcosa si era stracangiato sulla sua faccia.

«Lo conosceva?».

«Sì».

Quarantino richiuse il cassetto.

«Possiamo andare?».

«Sì».

Ma non arriniscì a cataminarsi. Le sue gambe s'arrefutavano di mettersi in moto, erano due pezzi di ligno. A malgrado del friddo che c'era nella cammareddra, sentì d'aviri la cammisa vagnata di sudore. Fece uno sforzo che gli costò un giramento di testa e finalmente pigliò a caminare.

Alla Stradale gli spiegarono dove era capitato l'incidente: a quattro chilometri da Montechiaro, sulla strada abusiva non asfaltata che collegava un villaggio abusivo sul mare chiamato Spigonella con un altro villaggio sul mare, e altrettanto abusivo, chiamato Tricase. Questa strada non procedeva in linea retta, ma faceva un lungo giro campagne campagne per favorire altre case abusive abitate da chi all'aria di mare preferiva l'aria di collina. Un ispettore spinse la sua cortesia sino a fare un disegno assai preciso della strata che il signor commissario doveva percorrere per arrivare al posto giusto.

La strata non solo non era una strata asfaltata, ma si vedeva chiaramente che si trattava di una vecchia trazzera le cui innumerevoli buche erano state malamente ricoperte in parte. Come aveva potuto una macchina corrervi a grande velocità senza rischiare di scassarsi? Forse pirchì era assicutata da un'altra auto? Passata una curva, il commissario capì d'essere arrivato al punto giusto. Alla base di una montagnola di pirciale allato al bordo di dritta della trazzera c'era un mazzetto di sciuri di campo. Fermò la macchina, scinnì per taliare meglio. La montagnola appariva sformata, come colpita forte da qualcosa. Il pirciale era macchiato da larghe chiazze scure di sangue asciucato. Da quel punto non si vedevano case, c'erano solo terreni arati. Più in basso rispetto alla trazzera, a un centinaro di metri, un viddranno azzappava. Montalbano si diresse verso di lui, faticando a caminare sulla terra molle. Il viddrano era un sissantino sicco e storto che non sollevò manco l'occhi.

«Bongiorno».

«Bongiorno».

«Sono un commissario di polizia».

«L'accapìu».

Come aveva fatto a capirlo? Meglio non insistere sull'argomento.

«Avete messo voi quei fiori nel perciale?».

«Sissi».

«Conoscevate quel bambino?».

«Mai signuri».

«Allora perché avete sentito il bisogno di mettere quei fiori?».

«Criatura era, unn'era armàlu».

«Avete visto com'è successo l'incidente?».

«Vitti e nun vitti».

«In che senso?».

«Vinisse ccà, appressu a mia».

Montalbano lo seguì. Fatti una decina di passi, il viddrano si fermò.

«Iu stamatina a li setti eru ca azzappavu in questo postu priciso. Tutto 'nzemmula intisi 'na vuci ca mi parsi dispirata. Isai l'occhi e vitti un picciliddru ca sbucava currennu da la curva. Curriva comu un lepru e faciva voci».

«Avete capito che gridava?».

«Nonsi. Quannu fu all'altizza di quel carrubbo, arrivò dalla curva 'na machina ca viaggiava forti assà. 'U picciliddru si votò a taliarla e allura circò di nesciri dalla strata. Forsi vuliva viniri versu di mia. Però iu lu persi di vista pirchì era ammucciato dalla muntagnola di pirciali. La machina stirzò appressu a iddru. Iu nun vitti cchiù nenti. Sintii una speci di bottu. Doppu la machina ingranò la marcia indietro, si rimisi sulla strata e scumparse all'autra curva».

Non c'era possibilità d'equivoco, eppure Montalbano volle esser ancora più sicuro.

«Quella macchina era inseguita da un'altra?».

«Nonsi. Sula era».

«E dite che sterzò apposta darrè il bambino?».

«Nun sacciu si lo fici apposta, ma di stirzari, stirzò».

«Siete riuscito a vedere il numero di targa?».

«Ma quannu mai! Taliasse vossia stissu se da ccà è possibili pigliari 'u numaru d'a targa».

In effetti non era possibile, tra il campo e la trazzera c'era troppo dislivello.

«E dopo che avete fatto?».

«Mi misi a curriri versu la muntagnola. Quannu arrivai, capii di subitu ca 'u picciliddru era mortu o stava murennu. Allura sempri currennu arrivai a la mè casa ca di ccà nun si vidi e telefonai a Montechiaro».

«Avete detto a quelli della Stradale quello che avete detto a me?».

«Nonsi».

«E perché?».

«Pirchì non me lo spiarono».

Logica ferrea: a nessuna domanda, nessuna risposta.

«Io invece ve lo domando espressamente: credete che l'abbiano fatto apposta?».

Sulla facenna il viddrano doviva averci ragionato a longo. Rispose con una domanda:

«Non poté essiri che la machina sbandò senza vuliri pirchì aviva truvatu 'na petra?».

«Può essere. Ma voi, dentro di voi, che ne pensate?».

«Iu nun pensu, signuri miu. Iu nun vogliu cchiù pinsari. Troppu tintu è addivintatu lu munnu».

L'ultima frase era stata risolutiva. Era chiaro che il viddrano si era fatto preciso concetto. Il picciliddro era stato travolto apposta. Massacrato per una ragione inspiegabile. Ma subito dopo il viddrano quel concetto l'aveva voluto cancellare. Troppo cattivo era diventato il mondo. Meglio non pensarci.

Montalbano scrisse il numero del commissariato su un pezzetto di carta, lo pruì al viddrano.

«Questo è il numero telefonico del mio ufficio a Vigàta».

«E chi minni fazzu?».

«Niente. Lo tenete. Se per caso viene la madre o il padre o qualche parente del picciliddro, vi fate dire dove abitano e me lo comunicate».

«Comu voli vossia».

«Bongiorno».

«Bongiorno».

La risalita verso la strata fu più dura della scinnuta. Gli era venuto l'affanno. Finalmente arrivò alla macchina, raprì lo sportello, trasì e invece di mettere in moto restò fermo, le vrazza sul volante, la testa appuiata sulle vrazza, l'occhi inserrati a escludere, a negare il mondo. Come il viddrano che aveva ripigliato a zappare e avrebbe continuato accussì fino a quanno non calava lo scuro. Di colpo, nella testa, gli trasì un pinsèro, una lama ghiazzata che doppo avergli spaccato il ciriveddro,

112

scinnì e si fermò, devastante trafittura, in mezzo al petto: il valente, brillante commissario Salvo Montalbano aviva pigliato per la manina quel picciliddro e, volenteroso aiutante, l'aviva consegnato ai sò carnefici.

Otto

Ancora era troppo presto per intanarsi a Marinella, ma preferì andarci lo stisso senza passare prima dall'ufficio. La vera e propria raggia che gli schiumava dintra gli faceva vuddriri il sangue e sicuramente gli aveva portato qualche linea di febbre. Era meglio se trovava modo di sfogarsela da solo, questa raggia, senza farla ricadere supra i sò òmini del commissariato cogliendo a volo il minimo pretesto. La prima vittima fu un vaso da fiori che qualcuno gli aviva arrigalato e che di subito gli era vinuto a colossale 'ntipatia. Levato in alto a due mani, il vaso venne scagliato 'n terra con soddisfazione e con l'accompagno di un vigoroso santione. Doppo la gran botta, strammato, Montalbano dovette constatare che il vaso non era stato minimamente scalfito.

Possibile? Si calò, lo pigliò, lo sollevò, lo rilanciò con tutta la forza che aviva. Nenti. E non solo: una piastrella del pavimento si lineò. Poteva rovinarsi la casa per distruggere quel mallitto vaso? Andò alla machina, raprì il cruscotto, tirò fora la pistola, tornò dintra la casa, niscì sulla verandina doppo avere pigliato il vaso, caminò sulla spiaggia, arrivò a ripa di mare, posò il vaso

114

sulla rena, arretrò di una decina di passi, scocciò l'arma, mirò, sparò e sbagliò.

«Assassino!».

Era una voce fimminina. Si voltò a taliare. Dal balcone di una villetta lontana due figure si sbracciavano verso di lui.

«Assassino!».

Ora era stata una voce masculina. Ma chi cavolo erano? E tutto 'nzemmula s'arricordò: i coniugi Bausan di Treviso! Quelli che gli avivano fatto fare la gran malafiura di comparire nudo in televisione. Mandandoli mentalmente a fare in quel posto, pigliò accuratamente la mira e sparò. Stavolta il vaso esplose. Tornò appagato verso casa accompagnato da un coro sempre più distante di «Assassino! Assassino!».

Si spogliò, si mise sutta la doccia, si fece pure la varba, si cangiò di vestito come se dovesse nesciri e vidiri pirsone. Invece doveva incontrare solamente se stesso e voleva presentarsi bene. Andò ad assittarsi sulla verandina a ragionare. Perché, macari se non l'aveva fatta a parole o col pinsèro, una sullenne promissa l'aveva di sicuro formulata a quel paro di piccoli occhi sbarracati che lo taliavano dal cassetto frigorifero. E gli tornò a mente un romanzo di Dürrenmatt dove un commissario consuma la sua esistenza per tenere fede alla promissa fatta ai genitori di una picciliddra ammazzata di scoprire l'assassino... Un assassino che intanto è morto e il commissario non lo sa. La caccia a un fantasima. Solo che nel caso del picciliddro extracomunitario macari la vittima era un fantasima, non ne conosceva la provenienza, il nome, nenti. Come del resto non conosceva nenti dell'altra vittima del primo caso di cui si stava occupando: un quarantino sconosciuto fatto annegare. E oltre tutto non si trattava di vere e proprie inchieste, non c'erano fascicoli aperti: lo sconosciuto era, per usare il linguaggio burocratico, deceduto per annegamento; il picciliddro era l'ennesima vittima di un pirata della strada. Ufficialmente, che c'era da indagare? Il resto di nenti. Nada de nada.

«Ecco» rifletté il commissario. «Questo è il tipo d'indagini che potrebbe interessarmi quando andrò in pensione. Se me ne occupo ora, significa che già mi ci comincio a sentire in pensione?».

E l'assugliò una gran botta di malinconia. La malinconia il commissario aviva due sistemi comprovati per combatterla: il primo consisteva nel cafuddrarsi a letto incuponandosi fin supra la testa; il secondo nel farsi una gran mangiata. Taliò il ralogio, troppo presto per corcarsi, capace che se pigliava sonno si sarebbe arrisbigliato verso le tre del matino e allura sì che ci sarebbe stato da impazzire a tambasiare casa casa! Non restava che la mangiata, del resto s'arricurdò che a mezzojorno non ne aveva avuto il tempo. Andò in cucina e raprì il frigorifero. Va a sapiri pirchì, Adelina gli aviva priparato involtini di carne. Non erano cosa. Niscì, pigliò la machina e andò alla trattoria «da Enzo». Al primo piatto, spaghetti al nìvuro di siccia, la malinconia cominciò ad arretrare. Alla fine del secondo, calamaretti fritti croccanti, la malinconia, in rotta precipitosa, era scomparsa all'orizzonte. Di ritorno a Marinella si sentì gli ingranaggi del ciriveddro oleati, scorrevoli, come nuovi. Tornò ad assittarsi sulla verandina.

In primisi, bisognava dare atto a Livia di averci visto giusto e cioè che il comportamento del picciliddro, al momento dello sbarco, era stato strammo assà. Il picciliddro, evidentemente, stava cercando d'approfittare della confusione del momento per scomparire. Non ce l'aveva fatta perché lui, il sublime, l'intelligentissimo commissario Montalbano, glielo aveva impedito. Allora, ammettendo macari che si trattava di un contrastato ricongiungimento familiare, secondo la pinione di Riguccio, per quale motivo il picciliddro era stato accussì brutalmente ammazzato? Perché aviva il vizio di scappare da qualisisiasi posto si trovava? Ma quanti sono nel mondo i picciliddri di tutti i colori, bianchi, nìvuri, gialli, che si allontanano da casa seguendo una loro fantasia? Centinaia di migliaia, certo. E vengono per questo puniti con la vita? Stronzate. E allura? Era stato forsi massacrato pirchì era squieto, dava rispostazze, non ubbidiva a papà o si refutava di mangiarisi la minestrina? Ma via! Alla luce di quell'ammazzatina, la tesi di Riguccio diventava ridicola. C'era altro, c'era sicuramente un carrico da undici che il picciliddro si portava addosso già fin dalla partenza, quale che fosse il paìsi dal quale proveniva.

La meglio era ricominciare dal principio, senza trascurare dettagli che a prima taliata putivano pariri assolutamente inutili. E procedendo macari per sezioni, per segmenti senza affastellare troppe informazioni. Allora, principiamo. Lui quella sira se ne stava assittato nell'ufficio sò aspittanno che si facesse l'ora di andare a casa di Ciccio Albanese per avere notizie sulle correnti marine e, cosa assolutamente non secondaria, sbafarsi le triglie di scoglio della signora Albanese. A un certo momento telefona in commissariato il vicequestore Riguccio: si trova al porto per accogliere centocinquanta emigrati clandestini, ha rotto gli occhiali e ne domanda un paio che possano andargli bene. Lui glieli procura e decide di portarglieli lui stesso. Arriva alla banchina che da una delle due motovedette hanno calato la passerella. Per prima scende una fìmmina grassa e prena che viene portata direttamente a un'ambulanza. Poi scendono quattro extracomunitari i quali, arrivati quasi alla fine della passerella, barcollano pirchì un picciliddro si è intrufolato quasi in mezzo alle loro gambe. Il picciliddro riesce a evitare gli agenti e si mette a correre verso il vecchio silos. Lui si precipita all'inseguimento e intuisce la presenza del nicareddro in una specie di vicolo stracolmo di rifiuti. Il picciliddro capisce di non avere più vie di fuga e si arrende, letteralmente. Lui lo piglia per una mano e lo sta riportando verso il posto dove avviene lo sbarco quando scopre una donna, piuttosto picciotta, che si sta disperando con altri due picciliddri attaccati alle gonne. La fìmmina, appena vede lui con il picciliddro, si mette a correre verso di loro, è evidentemente la matre. A questo punto il picciliddro lo talìa (meglio sorvolare su questo particolare), la matre inciampica e cade. Gli agenti provano a farla rialzare e non ci riescono. Qualcuno chiama un'ambulanza...

Stop. Un attimo. Pensiamoci supra un momento. No, in realtà lui non ha visto nessuno che chiamava l'ambulanza. Ne sei certo, Montalbano? Ripassiamo ancora una volta la scena. No, ne sono sicuro. Mettiamola accussì: qualcuno deve avere chiamato l'ambulanza. Dalla macchina scinnino due infirmeri e uno, quello sicco sicco coi baffi, toccata una gamba della fìmmina, dice che probabilmente si è rotta. La fìmmina e i tre picciliddri vengono caricati e l'ambulanza se ne parte alla volta di Montelusa.

Torniamo narrè per sicurezza. Occhiali. Banchina. Sbarco fìmmina prena. Picciliddro compare tra le gambe di quattro extracomunitari. Picciliddro scappa. Lui insegue. Picciliddro si arrende. Tornano verso il punto di sbarco. Matre li vede e principia a curriri verso di loro. Picciliddro lo talìa. Matre inciampica, cade, non può più rialzarsi. Arriva ambulanza. Infirmeri coi baffi dice gamba rotta. Fìmmina e picciliddri sull'ambulanza. La machina parte. Fine del primo segmento.

In conclusione: quasi certo che l'ambulanza non l'ha chiamata nisciuno. È sopraggiunta da sola. Pirchì? Pirchì aviva visto la scena della matre caduta a terra? Possibile. E poi: l'infirmeri diagnostica gamba rotta. E queste sue parole autorizzano il trasporto in ambulanza. Se l'infirmeri fosse rimasto in silenzio, qualche agente avrebbe chiamato il medico che, come sempre, era lì con loro. Perché il medico non è stato consultato? Non è stato consultato perché non ce n'è stato tempo:

il tempestivo arrivo dell'ambulanza e la diagnosi dell'infermeri hanno fatto correre le cose nel senso voluto dal regista. Sissignore. Regista. Quella era stata una scena di tiatro predisposta con molta intelligenza.

A malgrado dell'ora, s'attaccò al telefono.

«Fazio? Montalbano sono».

«Dottore, non ci sono novità, se le avessi avute io...».

«Sparagna il sciato. Ti voglio domandare un'altra cosa. Domani mattina avevi l'intenzione di ripartire per le ricerche?».

«Sissi».

«Prima devi sbrigarmi un'altra cosa».

«Agli ordini».

«All'ospedale San Gregorio c'è un infermiere molto magro coi baffi, un cinquantino. Voglio sapere tutto di lui, il cognito e lo scognito, mi spiegai?».

«Sissi, perfettamente».

Riattaccò e chiamò il San Gregorio.

«C'è l'infermiera Agata Militello?».

«Un attimo. Sì, c'è».

«Vorrei parlarle».

«È in servizio. Abbiamo l'ordine di...».

«Senta, il commissario Montalbano sono. È una cosa seria».

«Aspetti che la cerco».

Quanno stava per perderci le spranze, sentì la voce della 'nfirmera.

«Commissario, è lei?».

«Sì. Mi perdoni se...».

«Di niente. Mi dica».

«Avrei bisogno di vederla e di parlarle. Prima che può».

«Senta, commissario. Faccio il turno di notte e domani mattina vorrei dormire un pochino. Possiamo incontrarci alle undici?».

«Certo. Dove?».

«Ci possiamo vedere davanti all'ospedale».

Stava per dire di sì, ma ci ripensò. E se per un caso sfortunato l'infermiere dell'ambulanza li vedeva 'nzemmula?

«Preferirei sotto il portone di casa sua».

«Va bene. Via della Regione 28. A domani».

Durmì comu un angiluzzu 'nnuccenti che non ha pinsèri o problemi. Gli capitava sempre accussì quanno, al principio di un'inchiesta, capiva d'essiri partutu giustu. Arrivato in ufficio frisco e sorridenti, trovò sulla scrivania una busta a lui indirizzata, portata a mano. Non c'era scritto il nome del mittente.

«Catarella!».

«Comandi, dottori!».

«Chi l'ha portata questa lettera?».

«Ponzio Pilato, dottori. Aieri a sira la portò».

Se la mise in sacchetta, l'avrebbe letta appresso. O forse mai. Mimì Augello s'appresentò poco dopo.

«Com'è andata col Questore?».

«M'è parso giù, non aveva la solita baldanza. Evidentemente da Roma ha riportato solo chiacchiere e tabbaccheri di ligno. Ci ha detto che è chiaro che il flusso migratorio clandestino dall'Adriatico si è spostato nel Mediterraneo e sarà perciò più difficile fermarlo. Ma questa evidenza, a quanto pare, tarda ad essere riconosciuta da chi di dovere. D'altra parte chi di dovere tarda a riconoscere che i furti sono in aumento, le rapine pure... Insomma, loro cantano in coro "Tutto va ben, mia nobile marchesa" e noi dobbiamo continuare ad andare avanti con quello che abbiamo».

«Ti sei scusato con lui per la mia assenza?».

«Sì».

«E che ha detto?».

«Salvo, che volevi? Che si mettesse a piangere? Ha detto: va bene. Punto. E ora me lo spieghi che ti pigliò ieri?».

«Un contrattempo ebbi».

«Salvo, a chi vuoi cugliuniare? Tu prima mi dici che devi vedere il Questore per presentargli le dimissioni e un quarto d'ora appresso cangi idea e mi dici che dal Questore ci devo andare io. Che contrattempo è stato?».

«Se proprio lo vuoi sapere...».

E gli contò tutt'intera la storia del picciliddro. Alla fine, Mimì se ne restò in silenzio, pinsoso.

«C'è qualcosa che non ti torna?» spiò Montalbano.

«No, mi torna tutto, ma fino a un certo punto».

«E cioè?».

«Tu metti in diretta relazione l'ammazzatina del picciliddro col tentativo di fuitina che aveva fatto al momento dello sbarco. E questo può essere sbagliato».

«Ma và, Mimì! Perché l'avrebbero fatto, allora?».

«Ti conto una cosa. Un mese fa, un mio amico è andato a New York ospite di un suo amico americano. Un giorno vanno a mangiare. Al mio amico servono una bistecca enorme con patate. Non riesce a sbafare tutto e lo lascia nel piatto. Poco dopo un cameriere gli consegna un sacchetto con dentro quello che non ha mangiato. Il mio amico lo piglia e quando esce dal ristorante si avvicina a un gruppo di barboni per dare loro il sacchetto con i resti del mangiare. Ma l'amico americano lo ferma e gli dice che i barboni non lo accetteranno. Se proprio vuole fare l'elemosina, dia loro mezzo dollaro. "Perché non vogliono il sacchetto con la mezza bistecca?" domanda il mio amico. E l'altro: "perché qui c'è gente che offre loro cibo avvelenato, come si fa per i cani randagi". Hai capito?».

«No».

«Capace che quel picciliddro, sorpreso mentre camminava sulla strada, è stato volontariamente investito da qualcuno, un garruso figlio di buttana, per puro divertimento o per un attacco di razzismo. Un qualcuno che non aveva niente a che fare con l'arrivo del picciliddro qua».

Montalbano cacciò un sospiro funnuto.

«Macari! Se le cose sono andate come dici tu, io mi sentirei meno in colpa. Ma purtroppo mi sono fatta opinione che tutta la facenna ha una sua precisa logica».

Agata Militello era una quarantina tutta alliffata, di personale gradevole, ma pericolosamente tendente al grasso. Era di sciolta parola e difatti parlò quasi sempre lei in quell'orata che stette col commissario. Disse che quella matina era di umore nìvuro per via che suo figlio, studente universitario («Sa, commissario, ebbi la sfortuna d'innamorarmi a diciassett'anni di un disgraziatazzo cornuto che appena seppi che aspittavo mi lassò»), si voleva fare zito («ma io dico, non potete aspittare? Che prescia avite a maritarvi? Intanto fate i comodazzi vostri e doppo si vede»). Disse macari che allo spitali erano una gran manica di figli di buttana che s'approfittavano di lei, sempre pronta a curriri a ogni chiamata straordinaria pirchì aviva un cori granni come una casa.

«Fu qua» fece a un tratto fermandosi.

Si trovavano in una strata curta, senza porte d'abitazione o negozi, costituita praticamente dal retro di due grandi palazzi.

«Ma qua non c'è manco un portone!» fece Montalbano.

«Accussì è. Noi ci troviamo nella parte di darrè dello spitale, che è questo palazzo a mano dritta. Io faccio sempre questa strata perché traso dal pronto soccorso che è il primo portone a dritta girato l'angolo».

«Quindi quella donna coi tre bambini, uscita dal pronto soccorso, ha girato a mancina, ha imboccato questa strada e qui è stata raggiunta dall'auto».

«Preciso accussì».

«Lei ha visto se la macchina veniva dalla parte del pronto soccorso o da quella opposta?».

«Nonsi, non l'ho visto».

«Quando l'auto si è fermata, ha potuto vedere quante persone c'erano a bordo?».

«Prima che acchianasse la fìmmina coi picciliddri?».

«Sì».

«Solamente quello che guidava c'era».

«Ha notato qualche particolarità nell'uomo che guidava?».

«Commissario mio, e come faciva? Quello sempre assittato dintra la machina ristò! Nìvuro non era, ecco».

«Ah, no? Era uno come noi?».

«Sissi, commissario. Ma lo sapi distinguere vossia un tunisino da un siciliano? Una vota a mia capitò che…».

«Quante ambulanze avete?» tagliò il commissario.

«Quattro, ma non abbastano cchiù. E mancano i piccioli per accattarne almeno almeno un'altra».

«Quanti uomini ci sono a bordo quando l'ambulanza fa servizio?».

«Due. C'è scarsizza di pirsonale. Un infirmeri e uno che guida e aiuta».

«Lei li conosce?».

«Ca certo, commissario».

Voleva spiargli dell'infirmeri sicco sicco e coi baffi, ma non lo fece, quella fìmmina parlava assà. Capace che subito doppo curriva dall'infirmeri dell'ambulanza e gli andava a dire che il commissario aviva spiato di lui.

«Ci andiamo a pigliare un cafè?».

«Sissi, commissario. Macari se io non dovrei busarne. Pinsassi che una vota che mi vippi quattro cafè di fila…».

Al commissariato l'aspittava Fazio, impaziente di ripigliare le ricerche sullo sconosciuto trovato morto in mare. Fazio era un cane che quanno puntava non mollava la punta fino a quanno non scugnava la serbaggina.

«Dottore, l'infermiere dell'ambulanza di nome fa Marzilla Gaetano».

E si fermò.

«Beh? Tutto qua?» spiò sorpreso Montalbano.

«Dottore, possiamo fare un patto?».

«Che patto?».

«Vossia mi lascia tanticchia sfogare col mio complesso dell'anagrafe, come lo chiama lei, e doppo le dico che cosa ho saputo su di lui».

«Patto fatto» disse il commissario rassegnato.

L'occhi di Fazio sbrilluccicarono di cuntintizza. Tirò fora dalla sacchetta un foglietto e principiò a leggiri.

«Marzilla Gaetano, nato a Montelusa il 6 ottobre 1960, fu Stefano e di Diblasi Antonia, residente a Montelusa, via Francesco Crispi 18. Sposato con Cappuccino Elisabetta, nata a Ribera il 14 febbraio 1963, fu Emanuele e di Ricottilli Eugenia la quale…».

«Basta così o ti sparo» disse Montalbano.

«Va bene, va bene. M'abbastò» fece Fazio soddisfatto rimettendosi il foglio in sacchetta.

«Allora, vogliamo parlare di cose serie?».

«Certo. Questo Marzilla, da quando si è diplomato infermiere, travaglia all'ospedale. Sua moglie ha avuto come dote dalla madre un modesto negozio di articoli da regalo, negozio che tre anni fa è stato distrutto da un incendio».

«Doloso?».

«Sì, ma non era assicurato. Corre voce che il negozio sia stato incendiato perché Marzilla si era a un certo punto stancato di pagare il pizzo. E lo sa che ha fatto Marzilla?».

«Fazio, questo tipo di domande mi fanno incazzare. Io non so una minchia, sei tu che devi farmi sapere le cose!».

«Marzilla ha capito la lezione e sicuramente si è messo in regola col pizzo. Sentendosi sicuro, ha accattato un magazzino attiguo al negozio e ha ingrandito e rinnovato tutto. A farla breve, si è cummigliato di debiti e dato che gli affari vanno male, le malelingue dicono che oramà è tenuto stritto al collo dagli usurai. Il povirazzo ora è costretto a circare piccioli a dritta e a manca come un disperato».

«Io a quest'omo devo assolutamente parlarci. E prima possibile» disse Montalbano doppo essersene per un pezzo restato mutanghero.

«E come facciamo? Certo che non possiamo arrestarlo!» fece Fazio.

«No, e chi parla d'arrestarlo? Però...».

«Però?».

«Se gli arrivasse all'orecchio...».

«Che cosa?».

«Nenti, mi passò un pinsèro. Tu lo sai l'indirizzo del negozio?».

«Certo, dottore. Via Palermo 34».

«Grazie. Tornatene alle tue scarpinate».

Nove

Nisciuto Fazio, stette tanticchia a pinsarisilla su quello che doviva fare fino a quanno non l'ebbe chiaro in testa. Chiamò Galluzzo.

«Senti, vai alla tipografia Bulone e fatti fare 'na poco di biglietti da visita».

«Miei?!» spiò Galluzzo strammato.

«Gallù, che ti metti a fare Catarella? Miei».

«E che ci devo fare scrivere?».

«L'essenziale. Dott. Salvo Montalbano e sotto Commissariato di Polizia di Vigàta. A mancina, in basso, ci fai mettere il nostro numero di telefono. Me ne bastano una decina».

«Dottore, dato che ci siamo...».

«Vuoi che me ne faccia fare una migliarata? Accussì mi ci posso tappezzare il cesso? Una decina bastano e superchiano. Li voglio su questa scrivania entro le quattro di oggi doppopranzo. Non sento ragioni. Corri, prima che chiudono».

Si era fatta l'ora di mangiare, le pirsone dovivano trovarsi a casa, quindi tanto valeva tentare.

«Brontu? Ghi balla?» fece una voce fimminina che minimo minimo viniva dal Burkina Faso.

«Il commissario Montalbano sono. C'è la signora Ingrid?».

«Tu speta».

Era oramà tradizione: quanno telefonava a Ingrid, risponneva sempre una cammarera arrivata da paìsi introvabili persino sulla carta geografica.

«Ciao, Salvo. Che succede?».

«Avrei bisogno di un tuo piccolo aiuto. Oggi pomeriggio sei libera?».

«Sì, ho un impegno verso le sei».

«Mi basta. Ci possiamo vedere a Montelusa davanti al bar della Vittoria alle quattro e mezza?».

«Certo. A più tardi».

A Marinella, dintra al forno trovò una tenera e maliziosa pasta 'ncasciata (pativa di improprietà d'aggettivazione, non seppe definirla meglio) e se la scialò. Doppo si cangiò d'abito, si mise un doppiopetto grigio, camicia azzurrina, cravatta rossa. Doveva avere un aspetto tra l'impiegatizio e l'equivoco. Doppo ancora s'assittò sulla verandina e si pigliò il cafè fumandosi una sigaretta.

Prima di nesciri, circò un cappello virdastro tanticchia alla tirolese praticamente mai usato e un paro d'occhiali con le lenti non graduate che una volta gli erano sirbuti e non s'arricordava manco pirchì. Alle quattro, quanno tornò in ufficio, trovò sulla scrivania la scatolina con i biglietti da visita. Ne pigliò tri e se li mise nel portafoglio. Niscì nuovamente, raprì il bagagliaio della machina indovi teneva un impermeabile alla Bogart, l'indossò, si mise cappello e occhiali e partì.

A vidirisillo compariri davanti parato in quella manera, Ingrid ebbe una tale botta di risate che prima si mise a lacrimiare e doppo fu costretta a trasire nel bar per chiudersi nel gabinetto.

Ma quanno niscì dal bar, venne assugliata ancora dalla risata. Montalbano fece la faccia dura.

«Sali che non ho tempo da perdere».

Ingrid ubbidì, evidentemente facendo sforzi enormi per trattenere le risate.

«Tu lo conosci un negozio di articoli da regalo che si trova in via Palermo al numero 34?».

«No. Perché?».

«Perché dobbiamo andare proprio lì».

«A fare che?».

«A scegliere un regalo per una nostra amica che si sposa. E guarda che mi devi chiamare Emilio».

Ingrid parse scoppiare, letteralmente. La sua risata fu una specie di botto. Si pigliò la testa tra le mano e non si capiva se ridiva o chiangiva.

«Va bene, ti riporto a casa» fece il commissario 'nfuscato.

«No, no, aspetta un momento, dai».

Si soffiò il naso due volte, s'asciucò le lagrime.

«Dimmi che devo fare, Emilio».

Montalbano glielo spiegò.

L'insegna del negozio diceva: Cappuccino, scritto grosso, e sutta, a caratteri più piccoli, argenteria, regali, liste di nozze. Nelle vetrine, indubbiamente eleganti, erano esposti oggetti sparluccicanti di un gusto pacchiano. Montalbano tentò di raprire la porta, ma era chiusa. Scanto di rapine, evidentemente. Premette un pulsante e la porta venne aperta dall'interno. Dintra c'era solamente una fìmmina quarantina, minuta e ben vistuta, ma come inquartata a difesa, chiaramente nirbùsa.

«Buongiorno» disse senza manco fare il solito sorriso di benvenuto ai clienti. «Desiderano?».

Montalbano ebbe la cirtizza che fosse non una commissa, ma la signora Cappuccino in pirsona.

«Buongiorno» arrispunnì Ingrid. «C'è una nostra amica che si sposa e io ed Emilio vorremmo regalarle un piatto d'argento. Potrei vederne qualcuno?».

«Certo» fece la signora Cappuccino.

E principiò a tirare fora dalle scaffalature piatti d'argento, uno più disgustoso dell'altro, e a posarli sul banco. Intanto Montalbano si taliava torno torno «con evidente fare sospetto», come si scrive nei giornali e nei rapporti di polizia. Finalmente Ingrid lo chiamò.

«Vieni, Emilio».

Montalbano s'avvicinò e Ingrid gli fece vedere due piatti.

«Sono indecisa tra questi due. A te quale piace?».

Mentre faciva finta d'essere incerto, il commissario notò che la signora Cappuccino lo taliava di sottocchio appena poteva. Forse, come lui sperava, l'aviva raccanosciuto.

«Su, Emilio, deciditi» l'incoraggiò Ingrid.

E finalmente Montalbano s'addecise. Mentre la signora Cappuccino incartava il piatto, Ingrid sinni niscì con un'alzata d'ingegno.

«Emilio, guarda quant' è bella questa coppa! Non starebbe bene a casa nostra?».

Montalbano la fulminò con una taliata e disse qualichi cosa che non si capì.

«Dai, Emilio, compramela. Mi piace tanto!» insistette Ingrid con l'occhi sparluccicanti per lo sgherzo che gli stava facendo.

«La prende?» spiò la signora Cappuccino.

«Un'altra volta» fece risoluto il commissario.

Allora la signora Cappuccino si spostò alla cassa e principiò a battere lo scontrino. Montalbano tirò fora dalla sacchetta posteriore dei pantaloni il portafoglio, ma il portafoglio intoppò e lasciò cadere fora tutto il suo contenuto. Il commissario si calò a raccogliere soldi, carte, tessere varie.

Doppo si susì e col piede avvicinò alla base del mobile che reggeva la cassa uno dei tre biglietti da visita che aveva lasciato apposta 'n terra. La messinscena era stata perfetta. Niscirono.

«Sei stato proprio cattivo, Emilio, a non comprarmi la coppa!» fece fingendosi di malumore Ingrid appena furono in macchina. E doppo, cangiando tono:

«Sono stata brava?».

«Bravissima».

«E del piatto che ne facciamo?».

«Te lo tieni».

«E credi di cavartela così? Stasera andiamo a cena.

132

Ti porto in un posto dove cucinano il pesce splendidamente».

Non era il caso. Montalbano era certo che il tiatro che aviva fatto avrebbe dato risultati subitanei, meglio starsene in ufficio.

«Possiamo fare domani sera?».

«D'accordo».

«Ah dottori dottori!» si lamentiò Catarella appena Montalbano trasì in commissariato.

«Che fu?».

«Tutto l'archivio mi passai, dottori. La vista mi persi, l'occhi mi fanno pupi pupi. Non c'è altrui che è assimigliante di simiglianza al morto natante. L'unico fu Errera. Dottori, non è possibile la possibilità che è propiamenti Errera?».

«Catarè, ma se da Cosenza ci hanno detto che Errera è morto e sepolto!».

«Va beni, dottori, ma non è possibili che il morto addivintò vivendi e appresso morse nuovamenti addivintando natante?».

«Catarè, vuoi farmi viniri 'u duluri di testa?».

«Dottori, 'nzamai! Che minni fazzo di queste fotorafie?».

«Lasciamele qua sul tavolo. Poi le diamo a Fazio».

Doppo un due orate di aspittatina a vacante gli principiò una botta di sonno irresistibile. Si fece largo tra le carte, appuiò le vrazza incrociate sulla scrivania, supra ci posò la testa e in un vidiri e svidiri si trovò ad-

drummisciuto. Tanto profondamente che quanno squillò il telefono e raprì l'occhi, per qualche secondo non
s'accapacitò di dove s'attrovava.

«Pronti, dottori. C'è uno che voli parlare con lei di
pirsona pirsonalmente».

«Chi è?».

«Chisto è il busisilli, dottori. Il nomi suo di lui dice
che non lo voli dire».

«Passamelo».

«Montalbano sono. Chi parla?».

«Commissario, lei oggi doppopranzo è venuto con una
signora nel negozio di mia moglie».

«Io?!».

«Sissignore, lei».

«Scusi, mi vuol dire come si chiama?».

«No».

«Beh, allora arrivederci».

E riattaccò. Era una mossa pericolosa, capace che
Marzilla aveva esaurito tutto il suo coraggio e non
avrebbe trovato la forza di una nova telefonata. Invece si vede che Marzilla era così saldamente agganciato
all'amo che gli aveva lanciato il commissario da rite-
lefonare quasi subito.

«Commissario, mi scusi per poco fa. Ma lei cerchi
di capirmi. È venuto nel negozio di mia moglie la quale l'ha riconosciuta subito. Però lei si era travestito e
si faceva chiamare Emilio. Inoltre mia moglie ha ritrovato un suo biglietto da visita che le era caduto. Lei
ammetterà che c'è da essere nervosi».

«Perché?».

«Perché è chiaro che lei sta indagando su qualcosa che mi riguarda».

«Se è per questo, può stare tranquillo. Le indagini preliminari sono concluse».

«Ha detto che posso stare tranquillo?».

«Certamente. Almeno per stanotte».

Sentì il respiro di Marzilla fermarsi di colpo.

«Che... che viene a dire?».

«Che da domani passo alla seconda fase. Quella operativa».

«E... e cioè?».

«Sa come vanno queste cose, no? Arresti, fermi, interrogatori, pm, giornalisti...».

«Ma io in questa storia non c'entro!».

«Quale storia, scusi?».

«Ma... ma... ma... non so... la storia che... Ma allora perché è venuto nel negozio?».

«Ah, quello? Per accattare un regalo di nozze».

«Ma perché si faceva chiamare Emilio?».

«Alla signora che m'ha accompagnato piace chiamarmi così. Senta, Marzilla, è tardi. Me ne torno a casa a Marinella. Ci vediamo domani».

E riattaccò. Più carogna d'accussì? Ci scommetteva i cabasisi che al massimo dintra un'orata Marzilla avrebbe tuppiato alla porta. L'indirizzo se lo poteva procurare facilmente taliando l'elenco telefonico. Come aviva sospettato, nella storia capitata durante lo sbarco l'infirmeri ci stava calato fino al collo. Qualcuno doviva avergli ordinato di fare in modo che la fimmina coi tre picciliddri venisse carricata sull'ambulanza e doppo la-

135

sciata sulla porta del pronto soccorso dello spitali. E lui aviva obbedito.

Si mise in machina e partì con tutti i finestrini aperti. Aviva bisogno di sintirisi sulla faccia bona, sana aria di mare notturno.

Un'orata appresso, come aviva lucidamente previsto, una machina si fermò nello spiazzo davanti alla porta, uno sportello sbattì, il campanello sonò. Andò a raprire. Era un Marzilla diverso da quello che aviva visto nel parcheggio dello spitale. La varba longa, aviva un'ariata di malatizzo.

«Mi scusi se...».

«L'aspettavo. S'accomodi».

Montalbano aviva deciso di cangiare tattica e Marzilla parse strammato dall'accoglienza. Trasì incerto, e più che assittarsi, s'accasciò sulla seggia che il commissario gli offriva.

«Parlo io» disse Montalbano. «Accussì perdiamo meno tempo».

L'omo fece una sorta di gesto di rassegnazione.

«L'altra sera, al porto, lei sapeva già che un'extracomunitaria con tre bambini, sbarcando, avrebbe fatto finta di cadere facendosi male a una gamba. Il suo compito era quello di stare lì con l'ambulanza pronta cercando di non farsi incastrare per un altro servizio e quindi avvicinarsi, diagnosticare la frattura della gamba, prima dell'arrivo del medico, caricare la donna e i tre bambini e quindi partirsene alla volta di Montelusa. È così? Risponda solo sì o no».

Marzilla arriniscì a rispunniri solo doppo avere agliuttuto ed essersi passato la lingua sulle labbra.

«Sì».

«Bene. Arrivato all'ospedale di San Gregorio lei doveva lasciare la donna e i bambini sulla porta del pronto soccorso senza accompagnarli dentro. E così ha fatto. Ha avuto anche la fortuna di essere chiamato d'urgenza a Scroglitti, il che le ha fornito una buona ragione per il suo modo d'agire. Risponda».

«Sì».

«L'autista dell'ambulanza è suo complice?».

«Sì. Io gli passo cento euro a volta».

«Quante volte l'ha fatto?».

«Due volte».

«E tutt'e due le volte con gli adulti c'erano dei bambini?».

Marzilla agliuttì due o tre volte prima d'arrispunniri.

«Sì».

«Durante questi viaggi dove sta seduto?».

«A seconda. Allato all'autista oppure dentro con quelli da portare».

«E nel viaggio che m'interessa dove stava?».

«Per un certo tratto davanti».

«E poi è passato darrè?».

Marzilla stava sudando, era in difficoltà.

«Sì».

«Perché?».

«Vorrei tanticchia d'acqua».

«No».

Marzilla lo taliò scantato.

«Se non vuole dirmelo lei, glielo dico io. Lei fu costretto a passare darrè pirchì uno dei picciliddri, quello di sei anni, il più granni, voliva scinniri a tutti i costi, voliva essiri lassato libero. È accussì?».

Marzilla fece 'nzinga di sì con la testa.

«Allora lei che ha fatto?».

L'infirmeri disse qualichi cosa a voce tanto vascia che il commissario, più che sintiri, intuì.

«Un'iniezione? Sonnifero?».

«No. Calmante».

«E chi lo teneva il picciliddro?».

«Sua madre. O quello che era».

«E gli altri picciliddri?».

«Piangevano».

«Macari il picciliddro al quale lei faciva l'iniezione?».

«No, lui no».

«Che faceva?».

«Si muzzicava a sangue le labbra».

Montalbano si susì con lintizza, nelle gambe si sintiva tutto un furmiculìo.

«Mi guardi, per favore».

L'infirmeri isò la testa e lo taliò. Il primo pagnittuni sulla guancia mancina fu di tale violenza da fargli firriare quasi completamente la testa, il secunno lo pigliò appena tornò a voltarsi e gli scugnò il naso facendogli nesciri un fiotto di sangue. L'omo non tentò manco d'asciucarisi, lassò che il sangue gli macchiasse la cammisa e la giacchetta. Montalbano s'assittò nuovamente.

«Mi sta allordando il pavimento. In fondo a destra c'è il bagno. Vada a lavarsi. Di fronte c'è la cucina, apra il frigorifero, ci dev'essere del ghiaccio. Del resto lei, oltre che a essere un torturatore di picciliddri, è macari un infirmeri e sa quello che deve fare».

Durante tutto il tempo che l'omo armiggiò in bagno e in cucina, Montalbano si sforzò di non pinsari alla scena che Marzilla gli aviva appena contata, a tutto quell'inferno condensato nel piccolo spazio dell'ambulanza, allo scanto di quell'occhi sbarracati sulla violenza...

Ed era stato lui a pigliare per mano quella criatura e a portarla verso l'orrore. Non ce la faceva a perdonarsi, era inutile ripetersi che lui anzi aviva creduto di agire per il meglio... non doviva pinsarci, non doviva lassarsi sopraffare dalla raggia se voleva continuare l'interrogatorio. Marzilla tornò. Aviva fatto una specie di sacchetto per il ghiazzo col suo fazzoletto e lo reggeva sul naso con una mano, la testa leggermente piegata all'indietro. S'assittò davanti al commissario senza dire né ai né bai.

«E ora le dico perché si è scantato tanto quando io sono venuto al negozio. Tu...».

Marzilla sussultò. Il brusco passaggio dal lei al tu fu per lui come una pistolettata.

«... tu sei venuto a sapere che quel picciliddro, quello al quale avevi fatto l'iniezione, l'hanno dovuto abbattere come si fa con una vestia serbaggia. È così?».

«Sì».

«E quindi ti sei scantato. Pirchì tu sei un delinquente da quattro soldi, un miserabile, una merda, ma non hai la forza di essere complice in un assassinio. Come l'hai saputo, e cioè che il picciliddro col quale avevi avuto a che fare era lo stesso che hanno scrafazzato con l'automobile, me lo dici dopo. Ora parla tu. E ti risparmio tanticchia di sciato dicendoti che so che tu sei cummigliato dai debiti e che hai bisogno di soldi, e tanti, per pagare gli strozzini. Continua».

Marzilla attaccò a contare. I due pagnittuna del commissario dovivano averlo intronato, ma gli avivano macari calmato in parte l'agitazione, oramà quello che era fatto era fatto.

«Quando le banche non mi vollero più fare credito, per non perdere tutto, domandai in giro a chi mi potevo rivolgere per avere una mano d'aiuto. Mi fecero un nome e io ci andai. E così principiò una rovina peggio del fallimento. Quello i soldi me li prestò, ma a un interesse che persino mi vrigogno a dirglielo. Tirai avanti per un pezzo, e poi non ce la feci più. Allora questo signore, cosa che capitò un due mesi fa, mi fece una proposta».

«Dimmi il nome».

Marzilla scosse la testa che teneva ancora calata narrè.

«Mi scanto, commissario. È capace di fare ammazzare a mia e a mè mogliere».

«Va bene, vai avanti. Che proposta ti fece?».

«Mi disse che aveva bisogno d'aiutare qualche famiglia di extracomunitari a riunirsi qua da noi. Si dava il caso che i mariti avevano trovato lavoro, ma dato che erano clandestini, non potevano far venire mogli e figli. In cangio del mio aiuto, mi avrebbe abbuonato una parte dell'interesse».

«Una percentuale fissa?».

«No, commissario. Se ne doveva parlare di volta in volta».

«Come faceva ad avvertirti?».

«Mi telefonava il giorno avanti lo sbarco. Mi descriveva chi avrebbe fatto in modo di farsi caricare sull'ambulanza. La prima volta tutto andò liscio, era un'anziana con due picciliddri. La seconda volta invece capitò quello che le dissi, che il picciliddro più grande s'arribellò».

Marzilla si fermò, tirò un sospiro funnuto.

«Mi deve credere, commissario. Non ci dormii. Avevo davanti agli occhi la scena, la fìmmina che lo teneva, io con la siringa, gli altri picciliddri che piangevano, e non arrinisciva a pigliare sonno. L'altra mattina andai a trovare questo signore, erano le dieci circa, per concordare la percentuale da abbuonare. E lui mi disse che stavolta non mi avrebbe scalato niente, l'affare era andato storto, la merce era avariata. Disse proprio così. E mi liquidò facendomi sapere che avrei potuto recuperare dato che c'era in vista un nuovo arrivo. Tornai a casa avvilito. Poi sentii al telegiornale che un picciliddro extracomunitario era stato ammazzato da un pirata della strada. E fu allora che capii che intendeva forse dire quel signore dicendo che la merce era avariata. Poi arrivò lei nel negozio, e già prima all'ospedale aveva spiato... insomma, mi feci persuaso che dovevo a tutti i costi tirarmi fora».

Montalbano si susì, niscì sulla verandina. Il mare si sentiva appena, come il respiro di un picciliddro. Ci stette tanticchia e doppo tornò dintra, assittandosi.

«Senti. Tu il nome di questo, si fa per dire, signore, non vuoi farmelo conoscere...».

«Non è che non voglio, non posso!» gridò quasi l'infirmere.

«Va bene, stai calmo, non ti agitare, masannò ti nesce nuovamente il sangue dal naso. Facciamo un patto».

«Che patto?».

«Tu lo capisci che io posso mandarti in galera?».

«Sì».

«E sarebbe la tua rovina. Perdi il posto all'ospedale e tua mogliere si deve vendere il negozio».

«L'ho capito».

«Allora, se ti resta ancora tanticchia di ciriveddro in testa, tu devi fare solo una cosa. Avvertirmi subito appena quello ti telefona. E basta. A tutto il resto ci pensiamo noi».

«E a me mi tiene fuori?».

«Questo non posso garantirtelo. Ma posso limitare i danni. Hai la mia parola. E ora levati dai cabasisi».

«Grazie» fece Marzilla susendosi e avviandosi verso la porta con le gambe di ricotta.

«Non c'è di che» ricambiò Montalbano.

Non si corcò subito. Trovò una mezza bottiglia di whisky e se l'andò a scolare sulla verandina. E prima di dare un sorso, ogni volta alzava la bottiglia in aria. Un brindisi a un piccolo guerriero che aveva combattuto fino a quando aveva potuto, ma non ce l'aveva fatta.

Dieci

Matinata vintusa e fitusa, sole splapito e spisso cummigliato da veloci nuvolastre grigioscure: bastava e superchiava per mettere il carrico da undici all'umore già di per sé nìvuro del commissario. Andò in cucina, si priparò il cafè, se ne vippi una prima tazzina, si fumò una sigaretta, fece quello che doviva fare, s'infilò sotto la doccia, si tagliò la varba, si rivestì con l'istisso abito che portava da dù jorna. Prima di nesciri, tornò in cucina con l'intinzioni di pigliarisi un altro cafè, ma arriniscì a riempire solo mezza tazza pirchì l'altra mezza se la rovesciò supra i pantaloni. Improvvisamente la mano, di sua iniziativa, gli aviva fatto uno scarto. Un altro signali di vicchiaia prossima ventura? Santianno come a un plotone di turchi messi in fila, si spogliò lasciando il vestito supra una seggia perché Adelina glielo puliziasse e glielo stirasse. Dalle sacchette tirò fora tutte le cose che contenevano per trasferirle nel vestito che si sarebbe messo e con sorpresa scoprì nel mucchietto una busta chiusa. La taliò imparpagliato. Da dove spuntava? Doppo s'arricordò: era la littra che Catarella gli aveva consegnato dicendo che l'aviva portata il giornalista Ponzio Pilato. Il suo primo moto fu quello di ittarla nella munnizza, ma invece, vai a sapiri pirchì, decise di leggerla, tanto avrebbe potuto sempre non rispondere. L'occhi gli corsero alla firma: Sozio Melato, facilmente traducibile in Ponzio Pilato secondo il linguaggio catarellesco. Era brevissima, e questo costituiva già un punto a favore di chi l'aveva scritta.

Caro commissario Montalbano,
sono un giornalista che non appartiene stabilmente a nessuna grossa testata, ma che collabora e continua a collaborare a quotidiani e riviste.
Un free-lance, come si usa dire. Ho fatto delle inchieste abbastanza importanti sulla mafia del Brenta, sul contrabbando d'armi dai paesi dell'est e, da qualche tempo, mi dedico a un particolare aspetto dell'immigrazione clandestina nell'Adriatico e nel Mediterraneo.
L'altra sera l'ho intravista sulla banchina del porto durante uno dei consueti arrivi di clandestini. La conosco di fama e ho pensato che forse ci sarebbe reciprocamente utile uno scambio d'opinioni (non un'intervista, per carità: so che lei le detesta).
Le scrivo in calce il numero del mio cellulare.
Mi tratterrò nell'isola ancora due giorni.
Mi creda, suo Sozio Melato.

Il tono asciutto di quelle parole gli piacì. Decise che avrebbe chiamato il giornalista, sempre che quello fosse ancora nei paraggi, appena arrivato in ufficio. Andò a circarsi un altro vistito.

La prima cosa che fece, trasenno in commissariato, fu di chiamare Catarella alla prisenza di Mimì Augello.

«Catarella, stammi a sentire con attenzione estrema. Deve telefonarmi un certo Marzilla. Appena telefona...».

«Scusasse, dottori» l'interruppe Catarella. «Comu disse che fa di nomu questo Marzilla? Cardilla?».

Montalbano si sentì rassicurato. Se Catarella ripigliava a ripetere i nomi a minchia, veniva a dire che la fine del mondo era ancora lontana.

«Ma, beata vergine Maria, perché deve chiamarsi Cardilla se tu stesso l'hai chiamato ora ora Marzilla?!».

«Davero?» fece esterrefatto Catarella. «Ma allura com'è che si chiama stu biniditto omo?».

Il commissario pigliò un foglio di carta, ci scrisse a caratteri cubitali con un pennarello rosso MARZILLA e lo pruì a Catarella.

«Leggi».

Catarella lo liggì giusto.

«Benissimo» fece Montalbano. «Questo foglietto l'impicchichi allato al centralino. Appena chiama, tu mi devi mettere in comunicazione con lui, sia che io mi trovi qua sia che mi trovi in Afganistan. D'accordo?».

«Sissi, dottori. Andasse tranquillo in Agfastan che io ci lo passo».

«Perché m'hai fatto assistere a questa scenetta d'avanspettacolo?» spiò Augello quanno Catarella sinni niscì.

«Perché tu, tre volte al matino e tre volte nel doppopranzo devi domandare a Catarella se ha telefonato Marzilla».

«Si può sapere chi è questo Marzilla?».

«Te lo dirò se sei stato bravo con papà e hai fatto i compiti».

Per tutto il resto della matinata, non capitò nenti di nenti. O almeno successero cose di normale amministrazione: una richiesta d'intervento per una violenta azzuffatina familiare che si trasformò in aggressione, da parte di tutta la famiglia di colpo ricompattata, contro Gallo e Galluzzo colpevoli di cercare di mettere pace; la denunzia del vicesindaco, giarno come un morto, che aviva trovato un coniglio scannato appiso alla porta di casa; la sparatoria, da parte degli occupanti di una macchina in corsa, contro un tale fermo a un distributore di benzina il quale era rimasto illeso e quindi, risalito nella sua auto, si era velocemente dileguato nel nulla senza che il benzinaro avesse avuto il tempo di pigliare il numero di targa; la quasi quotidiana rapina a un supermercato. Il cellulare del giornalista Melato risultò pervicacemente astutato. Insomma: Montalbano se non si stuffò, picca ci mancò. Si ripagò alla trattoria «da Enzo».

Verso le quattro del doppopranzo si fece vivo Fazio per telefono. Chiamava col cellulare da Spigonella.

«Dottore? Ho qualche novità».

«Dimmi».

«Almeno due persone di qua credono di avere visto il morto che lei trovò, l'hanno riconosciuto nella fotografia coi baffi».

«Sanno come si chiama?».

«No».

«Abitava lì?».

«Non lo sanno».

«Sanno che ci faceva da quelle parti?».

«No».

«E che minchia sanno?».

Fazio preferì non rispondere direttamente.

«Dottore, non può venire qua? Così si rende conto di persona della situazione. Può fare o la litoranea, che però è sempre traficata, o può passare da Montechiaro, pigliare la...».

«Questa strada la conosco».

La strada che aveva fatto quanno era andato a vidiri il posto dove era stato ammazzato il picciliddro. Telefonò a Ingrid con la quale doveva andare a cena. La svidisa si scusò immediatamente: non potevano vedersi perché suo marito aveva, a sua insaputa, invitato degli amici e lei avrebbe dovuto perciò recitare la parte della padrona di casa. Si misero d'accordo che lei sarebbe passata dal commissariato verso le otto e mezzo della sira appresso. Se lui non c'era, lei avrebbe aspittato. Riprovò col giornalista e stavolta Sozio Melato arrispunnì.

«Commissario! Pensavo non mi avrebbe più chiamato!».

«Senta, possiamo vederci?».

«Quando?».

«Anche subito, se vuole».

«Mi verrebbe difficile. Son dovuto correre a Trieste, ho passato l'intera giornata tra aeroporti e aerei in ritardo. Fortunatamente, mamma non stava così male quanto mia sorella aveva voluto farmi credere».

«Mi fa piacere. Allora?».

«Facciamo così. Se tutto va bene, spero domattina di prendere un aereo per Roma e poi proseguire. Le farò sapere».

Passata Montechiaro e pigliata la strata per Spigonella, a un certo momento si venne a trovare davanti al bivio per Tricase. Esitò un attimo, poi s'addecise: al massimo avrebbe perso una decina di minuti. Passò la curva: il viddrano non era a travagliare nel suo campo, manco l'abbaiare di un cane rompeva il silenzio. Alla base della montagnola di pirciale, il mazzetto di sciuri di campo era già appassito.

Dovette impiegare tutta la sua scarsa abilità per fare marcia indietro su quella terremotata ex trazzera e ritornare verso Spigonella. Fazio l'aspittava addritta allato alla sò machina, ferma davanti a una villetta bianca e rossa, a due piani, evidentemente disabitata. Il rumore del mare agitato arrivava forte.

«Da questa villetta comincia Spigonella» disse Fazio. «È meglio che lei venga in macchina con me».

Montalbano acchianò e Fazio, mettendo in moto, principiò a fargli da guida.

«Spigonella sta su un altipiano roccioso, per arrivare al mare bisogna salire e scendere gradini scavati nella pietra, una cosa che d'estate deve far venire l'infarto. Il mare lo si può raggiungere macari con la macchina, ma bisogna fare la strada che lei ha fatto, deviare verso Tricase e da lì tornare verso qua. Mi spiegai?».

«Sì».

«Tricase invece è proprio a ripa di mare, ma è abitata diverso».

«In che senso?».

«Nel senso che qua, a Spigonella, si sono fatta la villa gente che ha i soldi, avvocati, medici, commercianti, mentre a Tricase ci sono casuzze una appresso all'altra, tutte abitate da gente minuta».

«Ma tanto le ville quanto le casuzze sono tutte abusive, no?».

«Certamente, dottore. Volevo solo dire che qua ogni villa è a parte, non lo vede lei stesso? Muri altissimi di recinzione, cancellate che hanno darrè piante fitte... Difficile vidiri da fora quello che succede dintra. Mentre a Tricase le casuzze si danno cunfidenza, pare che parlano tra loro».

«Sei diventato poeta?» spiò Montalbano.

Fazio arrussicò.

«Ogni tanto mi capita» confessò.

Ora erano arrivati all'orlo dell'altipiano. Scinnero dalla machina. Sotto lo sbalanco, il mare diventava bianco di spuma sbattendo contro un gruppo di scogli, tanticchia più in là aveva completamente invaso una spiaggetta. Era una riva insolita, alternava tratti irti di scogli ad altri piatti di sabbia. Una villa solitaria era stata costruita proprio in pizzo in pizzo a un piccolo promontorio. Il suo grandissimo terrazzo stava addirittura come sospeso sul mare. Il tratto di costa sottostante era un ammasso di alti scogli, quasi dei faraglioni, ma era stato, come sempre abusivamente, recintato per ricavarne uno spazio privato. Non c'era altro da vedere. Si rimisero in macchina.

«Ora la porto a parlare con uno che...».

«No» disse il commissario. «È inutile, mi conti tu quello che ti hanno detto. Torniamo indietro».

Durante tutto il tragitto d'andata e durante tutto il tragitto di ritorno, non incontrarono un'automobile qualisisiasi. E manco ce n'erano parcheggiate.

Davanti a una villa decisamente lussuosa, assittato su una seggia di paglia, c'era un omo che fumava un sicarro.

«Questo signore» fece Fazio «è uno dei due che hanno detto d'avere visto l'omo della foto. Fa il guardiano. Mi contò che un tre mesi fa, mentre sinni stava assittato accussì com'era ora, vitti arrivari dalla mano manca un'automobile che marciava a sussulti. L'auto si fermò proprio davanti a lui e scinnì un omo, l'istisso della foto. Era restato in panne di benzina. Allora il guardiano si offrì di andargliene a prendere una tanica dal distributore che c'è sotto Montechiaro. Quando tornò, quell'uomo gli dette cento euro di mancia».

«Quindi non ha visto da dove veniva».

«No. E non l'aveva mai incontrato prima. Al secondo uomo che l'ha riconosciuto ho potuto parlare di prescia. Fa il pescatore. Aviva una cesta di pisci da andare a vendere a Montechiaro. Mi ha detto di avere visto l'omo della fotografia un tri-quattro misi passati, sulla spiaggia».

«Tre o quattro mesi fa? Ma eravamo in pieno inverno! Che ci faceva quello?».

«È la stessa cosa che si spiò il pescatore. Aveva appena tirato la barca a riva quanno vitti, supra allo scoglio vicino, l'omo della fotografia».

«Supra uno scoglio?».

«Sissignore. Uno scoglio di quelli che stanno sotto alla villa col grande terrazzo».

«E che faceva?».

«Nenti. Taliava il mare e parlava a un telefonino. Il piscatore vitti bene l'omo pirchì quello, a un certo punto, si voltò a taliarlo. Ebbe l'imprissione che l'omo sullo scoglio gli stava dicendo qualichi cosa con l'occhi».

«E cioè?».

«Levati subito dai cabasisi. Che faccio?».

«Non ho capito. Che devi fare?».

«Continuo a circari o mi fermo?».

«Bah, mi pare inutile farti perdere altro tempo. Torna a Vigàta».

Fazio sospirò sollevato. Quella ricerca gli era andata di traverso fin dal primo momento.

«E lei non viene?».

«Io ti vengo appresso, ma mi devo fermare tanticchia a Montechiaro».

Era una pura e semplici farfantaria, non aveva nenti da andare a fare a Montechiaro. Infatti per un pezzo seguì la macchina di Fazio, doppo, quanno la perse di vista, fece una curva a U e tornò narrè. Spigonella

151

l'aviva 'mprissionato. Possibile che in tutto quell'ag-
glomerato, macari se si era fora tempo, non c'era altra
anima criata all'infora del guardiano che fumava il sicarro? Non aviva visto manco un cane opuro un gatto reso sarbaggisco dalla solitudine. Era il loco ideale
per chi voliva venire a farsi i commodi sò, come portarsi ammucciuni una fìmmina, organizzare una bisca,
un'orgetta, una sniffata colossale. Bastava fare accura
a inserrare le finestre con le persiane in modo che da
fora non trapelasse manco un filo di luce e nisciuno sarebbe stato capace di capire quello che stava succedendo
dintra. Ogni villa aviva tanto spazio torno torno che
sicuramente le machine potevano trasire e stare tutte
all'interno della cancellata o del muro. Una volta chiuso il cancello era come se quelle machine non fossero
mai arrivate. Mentre firriava con l'auto, gli venne un
pinsèro improvviso. Frenò, scinnì, si mise a passiare as-
sorto, ogni tanto dava piccoli cavuci a certe petruzze
bianche che si trovavano sulla strata.

La lunga fuitina del picciliddro, iniziata sulla banchina
del porto di Vigàta, era finita nelle vicinanze di Spigonella. E quasi certamente lontano da Spigonella stava scappando quanno era stato scrafazzato dall'automobile.

Il morto senza nome, che lui aviva attrovato natan-
no, a Spigonella era stato visto. E molto probabilmente a Spigonella era stato ammazzato. I due fatti pareva che caminavano paralleli e invece non doviva essere accussì. E gli tornò a mente la celebre espressione di un omo politico assassinato dalle BR, quella del-

le «convergenze parallele». Allora il punto ultimo della convergenza era proprio il paìsi fantasima di Spigonella? E perché no?

Ma da dove cominciare? Cercare di sapere i nomi dei proprietari delle ville? L'impresa gli parse di subito impossibile. Essendo quelle costruzioni tutte rigorosamente abusive era inutile andare al catasto o al municipio. Scoraggiato, s'appuiò a un palo della luce. Appena toccò con le spalle il ligno del palo, se ne scostò come se avesse pigliato la scossa. La luce, certo! Tutte le ville dovevano essere dotate di energia elettrica e quindi i proprietari avevano fatto richiesta firmata di allacciamento! Fu un entusiasmo di breve durata. Prevedeva la risposta della società: le bollette relative a Spigonella, non esistendo a Spigonella vie con nome e numero civico e non esistendo in definitiva nemmeno Spigonella, venivano inviate agli indirizzi abituali dei proprietari. La cernita di questi proprietari sarebbe stata operazione certamente longa e difficoltosa. E se Montalbano si fosse spinto a spiare quanto longa, la risposta sarebbe stata d'una vaghezza quasi poetica. E provare con la società dei telefoni? Ma via!

A parte che la risposta della società dei telefoni avrebbe avuto molti punti di contatto con quella data dalla società dell'energia elettrica, come la metteva con i telefonini? E del resto uno dei testimoni, il piscatori, non aviva riferito che il morto anonimo quanno lui lo vitti stava proprio a parlare con un cellulare? Nenti, dove si voltava voltava, sbattiva contro a un mu-

153

ro. Gli venne di fari una pinsata. Acchianò in machina, mise in moto e partì. Non gli fu facile trovari la strata, due o tre volte passò e ripassò davanti alla stessa villa, doppo, finalmente, in lontananza vitti quello che circava. Il guardiano stava sempre assittato supra la stessa seggia di paglia, il sicarro astutato in bocca. Montalbano fermò, scinnì, gli si avvicinò.

«Buongiorno».

«Se a vossia ci pari bono... Bongiorno».

«Sono un commissario di polizia».

«L'accapii. Vossia passò con l'altro poliziotto, quello che mi fici vidiri la fotografia».

Occhio fino, il signor guardiano.

«Le volevo domandare una cosa».

«Facissi».

«Se ne vedono extracomunitari da queste parti?».

Il guardiano lo taliò ammammaloccuto.

«Extracomunitari? Signore mio, qua non si vidino né comunitari né extra. Qua si vidino solo quelli che ci abitano quanno che vengono. Extracomunitari! Bah!».

«Scusi, perché le pare tanto assurdo?».

«Pirchì qua, signore mio, ogni dù ore passa la machina della vigilanza privata. E quelli, se vidissero un extracomunitario, a forza di cavuci 'n culu lo rispedirebbero al paìsi sò!».

«E come mai oggi questi vigilanti non si vedono?».

«Pirchì oggi fanno mezza jornata di sciopiro».

«Grazie».

«No, grazie a lei ca mi fici passari tanticchia di tempo».

Si rimise in machina e ripartì. Ma arrivato all'altizza della villetta bianca e rossa davanti alla quale si era incontrato con Fazio, tornò narrè. Sapiva che non c'era nenti da scoprire, ma non arrinisciva ad allontanarsi da quel posto. Tornò a fermarsi sull'orlo dello sbalanco. Stava scurando. In controluce, la villa dal terrazzo grandissimo era spettrale. A malgrado delle costruzioni lussuose, degli alberi curatissimi che sormontavano le recinzioni, di tutto il verde che c'era in ogni parte, Spigonella era una terra disolata, tanto per citare Eliot. Certo, tutti i pàisi di mare, soprattutto quelli che campano di villeggianti, fora stascione parino morti. Ma Spigonella doviva essere già morta al momento di nasciri. Nel suo principio c'era la sua fine, tanto per storpiare ancora Eliot. Stavolta, riacchianando in machina, se ne tornò davero a Vigàta.

«Catarè, si fece vivo Marzilla?».

«Nonsi, dottori. Lui non tilifonò, tilifonò invece Ponzio Pilato».

«Che disse?».

«Disse che domani non ci la fa a pigliare l'arioplano, ma doppodomani sì epperciò doppopranzo di doppodomani veni qua».

Trasì nel suo ufficio e manco s'assittò. Fece subito una telefonata. Voleva controllare se era possibile fare una cosa che gli era passata per la testa poco prima, mentre stava parcheggiando nel commissariato.

«Signora Albanese? Buonasera, come sta? Il commissario Montalbano sono. Mi sa dire a che ora rientra col peschereccio suo marito? Ah, oggi non è uscito. È a casa? Me lo può passare? Ciccio, come mai sei a casa? Una botta d'influenza? E ora come stai? Passato tutto? Bene, sono contento. Senti, ti volevo spiare una cosa... Come dici? Perché non vengo da voi a cena così ne parliamo di persona? Veramente non vorrei approfittare, portare fastidio alla tua signora... Che hai detto? Pasta cu 'a ricotta frisca? E per secondo fragaglia? Tra una mezzorata al massimo sono da voi».

Per tutta la durata della cena non arriniscì a parlare. Ogni tanto Ciccio Albanese si azzardava a spiare:

«Che mi voleva domandare, commissario?».

Ma Montalbano manco gli arrispunniva, roteava l'indice della mano mancina in quel gesto che viene a significare «dopo, dopo». Pirchì o aveva la vucca china o non la voleva raprire nello scanto che l'aria, trasendogli dintra, gli portasse via il sapore gelosamente custodito tra lingua e palato.

Quanno arrivò il cafè, si decise a parlare di quello che voleva, ma solo doppo essersi complimentato con la mogliere di Albanese per la sò cucina.

«Avevi ragione tu, Ciccio. Il morto è stato visto un tre mesi fa a Spigonella. Le cose devono essere andate come dicevi: l'hanno ammazzato e poi gettato in acqua a Spigonella o nei paraggi. Sei proprio bravo come dicono tutti».

Ciccio Albanese incassò l'elogio senza fare un biz, come cosa dovuta.

«E in che la possa serbire ancora?» si limitò a spiare.

Montalbano glielo disse. Albanese stette a pinsarci supra tanticchia, doppo s'arrivolse alla mogliere.

«Lo sai se Tanino è a Montelusa o a Palermo?».

«Stamatina mè soro mi disse che era ccà».

Prima di telefonare a Montelusa, Albanese si sentì in dovere di spiegare.

«Tanino è figlio di una soro di mè mogliere. Studia liggi a Palermo. Sò patre ha una casuzza a Tricase e Tanino ci va spisso. Ha un gommone e gli piaci fari il sub».

La telefonata non durò più di cinque minuti.

«Dumani a matina alle otto Tanino l'aspetta. E ora ci spiego comu ci si arriva».

«Fazio? Scusami se ti disturbo a quest'ora. Mi pare di avere visto, l'altro giorno, uno dei nostri con una piccola telecamera che...».

«Sissi, dottore. Era Torrisi. Se l'era appena accattata, gliela aveva venduta Torretta».

E figurati! Torretta doveva avere traslocato il bazar di Zanzibar allocandolo nel commissariato di Vigàta!

«Mandami Torrisi subito a Marinella, con la telecamera e tutto quello che serve a farla funzionare».

Undici

Quanno raprì la persiana, gli venne 'u cori. La matinata s'appresentava felice d'essere quella che era, viva di luce e colori. Sotto la doccia Montalbano si provò persino a cantare, come faciva di rado, ma essendo tanticchia stonato, si limitò a murmuriare il motivo. Non era in ritardo, ma s'addunò che faciva le cose di prescia, era impaziente di lasciare Marinella per Tricase. Tant'è vero che in machina, a un certo momento, si rese conto che stava guidando troppo veloce. Al bivio Spigonella-Tricase girò a mancina e doppo la solita curva si trovò all'altizza della montagnola di pirciale. Il mazzetto di sciuri non c'era più, un operaio, con una pala, riempiva di pirciale una carriola. Tanticchia più avanti, altri due operai travagliavano alla strata. Tutto sparito di quel minimo che ricordava la morte e la vita del picciliddro, a quest'ora il corpicino doviva essere stato seppelluto, anonimo, nel cimitero di Montechiaro. Arrivato a Tricase seguì attentamente quello che gli aviva detto Ciccio Albanese e, quasi sulla riva, si venne a trovare davanti a una casuzza gialla. Sulla porta c'era un picciotto vintino, in pantaloncini e pedi nudi, dall'ariata simpatica. Un gommone si dondolava poco distante. Si strinsero le mano. Tanino taliò con una certa curiosità il commissario il quale solo in quel momento si rese conto d'essere parato come un vero turista: infatti, oltre alla telecamera che teneva in mano, portava a tracolla macari un binocolo.

«Possiamo andare?» fece il picciotto.

«Certo. Ma prima vorrei spogliarmi».

«Si accomodi».

Trasì nella casuzza e niscì in costume da bagno. Tanino chiuì a chiave la porta e acchianarono sul gommone. Solo allura il picciotto spiò:

«Dove dobbiamo andare?».

«Tuo zio non ti ha spiegato?».

«Mio zio mi ha solo detto di mettermi a disposizione».

«Voglio fare delle riprese della costa di Spigonella. Però non dobbiamo farci notare».

«Commissario, e chi ci deve notare? A Spigonella ora come ora non c'è anima viva!».

«Tu fai come ti dico».

Doppo manco una mezzorata che correvano, Tanino rallentò.

«Quelle laggiù sono le prime ville di Spigonella. Le va bene questa velocità?».

«Benissimo».

«Mi avvicino di più?».

«No».

Montalbano pigliò in mano la telecamera e, con orrore, si fece pirsuaso che non sapiva come usarla. Le istruzioni che la sira avanti gli aviva dato Torrisi erano come una pappetta informe nel suo cireveddro.

«Matre santa! Tutto mi scordai!» gemette.

«Vuole che faccia io? A casa ne ho una eguale, so come usarla».

Cangiarono di posto, il commissario si mise al timone. Con una mano lo reggeva e con l'altra teneva il binocolo davanti all'occhi.

«E qua finisce Spigonella» disse a un certo momento Tanino voltandosi a taliare il commissario.

Montalbano non arrispunnì, pariva perso darrè un pinsèro. Il binocolo gli pinnuliava sul petto.

«Commissario?».

«Eh?».

«Ora che facciamo?».

«Torniamo indietro. Se possibile, un poco più vicini e meno veloci».

«È possibile».

«Un'altra cosa: quando siamo all'altezza della villa con la terrazza grande, puoi zumare su quella specie di faraglioni che ci sono sotto?».

Rifecero la passiata, si lasciarono Spigonella alle spalle.

«E ora?».

«Sei sicuro che le riprese sono venute bene?».

«La mano sul foco».

«Bene, allora torniamo. Lo sai a chi appartiene la villa col terrazzo?».

«Sissi. Se la fece fabbricare un americano, io dovevo ancora nascere».

«Un americano?!».

«Mi spiego meglio, un figlio di emigranti di Montechiaro. Lui ci è venuto qualche volta ai primi tempi, almeno così mi hanno detto. Poi non si è più visto. Correva voce che è stato arrestato».

«Da noi?».

«Nonsi, in America. Per contrabbando».

«Droga?».

«E sigarette. Dicono che c'è stato un periodo che l'americano, da qua, dirigeva tutto il traffico nel Mediterraneo».

«Tu l'hai vista da vicino la scogliera che c'è davanti?».

«Commissario, qua ognuno si fa i fatti sò».

«La villa è stata abitata di recente?».

«Di recente, no. L'anno scorso, sì».

«Quindi l'affittano?».

«Evidentemente».

«Se ne occupa un'agenzia?».

«Commissario, non ne so niente. Se vuole, posso informarmi».

«No, ti ringrazio, ti sei già disturbato abbastanza».

Arrivò sulla piazza di Montechiaro che il ralogio comunale batteva le undici e mezza. Fermò, scinnì e si avviò verso una porta a vetri sormontata dalla scritta «AGENZIA IMMOBILIARE». Dintra c'era solo una picciotteddra graziusa e gentile.

«No, dell'affitto di questa villa di cui lei parla non ci occupiamo noi».

«Sa chi se ne occupa?».

«No. Ma, vede, è difficile che i proprietari di queste ville di lusso, almeno dalle nostre parti, si rivolgano alle agenzie».

«E come fanno, allora?».

«Ma sa, è tutta gente ricca, si conoscono tra di loro... fanno circolare la voce nel loro ambiente...».

«Macari i delinquenti fanno circolare la voce nel loro ambiente» pinsò il commissario.

Intanto la picciotta lo taliava e taliava il binocolo, la telecamera.

«Lei è un turista?».

«Come l'ha indovinato?» fece Montalbano.

La passiata marina gli aviva fatto smorcare un pititto irresistibile, se lo sentiva tracimare dintra come un fiume in piena. Dirigere sulla trattoria «da Enzo» avrebbe significato andare a colpo sicuro, invece doveva correre il rischio di raprire il frigorifero o il forno di Marinella perché aviva necessità di vedere subito il materiale girato. Appena a casa, si precipitò a scoprire con una certa emozione quello che l'estro di Adelina gli aviva priparato: dintra al forno trovò un inatteso, quanto agognato, coniglio alla cacciatora. Mentre lo faciva quadiare, s'attaccò al telefono.

«Torrisi? Montalbano sono».

«Andò tutto bene, dottore?».

«Mi pare di sì. Puoi fare un salto da me tra un'orata?».

Quando uno mangia da solo si lascia andare a fare cose che mai s'azzarderebbe in compagnia. Qualcuno si mette a tavola in mutande, qualche altro sbafa corcato o assistimato davanti al televisore. Spisso e volentieri, il commissario mangiava con le mano. E accussì fece col coniglio alla cacciatora. Doppo dovette stare mezzora con le mano sotto il cannolo nel tentativo di puliziarle dal grasso e dall'untume. Sonarono alla porta. Andò a raprire, era Torrisi.

«Fammi vedere quello che è stato registrato».

«Commissario, si fa così, guardi. Si leva la scat e si...».

Parlando, eseguiva e Montalbano manco lo sentiva. Per queste cose era completamente negato. Sul televisore apparsero le prime immagini che Tanino aveva girato.

«Commissario» fece ammirativo Torrisi «ma lo sa che sono immagini veramente belle? Lei è proprio bravo! Le è bastata una sola lezione teorica aieri sera e...».

«Beh» fece modesto Montalbano «non è stato difficile...».

Gli scogli sottostanti alla villa, nella ripresa fatta all'andata, apparivano disposti come i denti inferiori di una bocca, ma irregolari, uno più avanti e l'altro più indietro, uno più basso e uno più alto, uno messo di traverso e uno posizionato più regolarmente. Gli stessi scogli, ripresi durante il ritorno e con lo zoom, rivelavano la mancanza di un dente, un varco non molto largo certo, ma bastevole perché ci potesse passare un gommone o un piccolo motoscafo.

«Stoppa qui».

Montalbano studiò attentamente l'immagine. C'era qualichi cosa che non lo persuadeva in quel varco, era come se l'acqua del mare, al momento di trasire in quell'accesso, avesse un momento di esitazione. Pareva, a tratti, che volesse tornare narrè.

«Puoi ingrandire?».

«No, dottore».

Ora che Tanino non zumava più, si vedeva la ripidissima scala scavata nella roccia che dalla villa portava al porticciolo naturale formato dagli scogli.

«Torna indietro, per favore».

E stavolta vitti che un'alta rete metallica, saldata a pali di ferro infissi negli scogli, impediva a chiunque d'arrampicarsi sino a poter vedere quello che succedeva all'interno del porticciolo. E dunque non solo la villa era abusiva, ma abusivamente il litorale era stato interrotto: impossibile percorrerlo a piedi per tutta la sua lunghezza macari arrampicandosi sopra gli scogli, a un certo punto ci si trovava davanti a un insormontabile sbarramento di reti metalliche. E macari questa seconda volta non arriniscì a capire pirchì il mare si comportasse in quel modo strammo davanti al dente mancante.

«Va bene, grazie Torrisi. Puoi riprenderti la telecamera».

«Dottore» fece l'agente «un modo d'ingrandire l'immagine che la interessa ci sarebbe. Io piglio il fotogramma, lo stampo, lo passo a Catarella che col computer...».

«Va bene, va bene, fai tu» tagliò Montalbano.

«E ancora complimenti per le belle riprese» fece Torrisi niscenno.

«Grazie» disse il commissario.

E, da faccia stagnata come sapiva essiri in certe occasioni, Montalbano l'usurpatore manco arrussicò.

«Catarè, si è fatto vivo Marzilla?».

«Nonsi, dottori. Ah, ci voliva diri che stamatina arrivò una littra di posta priora per vossia pirsonalmenti».

La busta era comunissima, senza intestazioni. Il commissario la raprì e ne tirò fora un ritaglio di giornale. Taliò meglio dintra la busta, ma non c'era nient'altro. Si trattava di un breve articolo datato Cosenza, 11 marzo. Il titolo era «RITROVATO IL CORPO DEL LATITANTE ERRERA». E proseguiva:

Ieri, verso le sei del mattino, un pastore, tale Antonio Jacopino, che portava il suo gregge al pascolo, nell'attraversare la strada ferrata nei pressi di Paganello, scopriva con orrore resti umani disseminati lungo le rotaie. Dai primi rilievi della Polizia prontamente accorsa risultava evidente trattarsi di una disgrazia: l'uomo doveva essere scivolato dalla scarpata, resa viscida dalle recenti piogge, mentre sopraggiungeva il rapido delle 23 diretto a Cosenza. I macchinisti, interrogati, hanno dichiarato di non essersi accorti di niente. È stato possibile identificare la vittima dell'incidente attraverso i documenti che erano nel portafoglio e un anello matrimoniale. Si tratta di Ernesto Errera, già condannato dal Tribunale di Cosenza per rapina a mano armata e da qualche tempo datosi alla latitanza. Le ultime voci circolanti sul suo conto lo davano operante a Brindisi perché da qualche tempo aveva cominciato a interessarsi d'immigrazione clandestina in stretto contatto con la malavita albanese.

Tutto qua. Senza una firma, senza un rigo di spiegazione. Taliò il timbro postale: era di Cosenza. Ma che cavolo veniva a significare? Forse una spiegazione c'era: si trattava di una vendetta interna. Molto probabilmente il collega Vattiato aveva contato della malafiura fatta dal commissario Montalbano il quale gli aveva comunicato d'avere trovato a uno che invece risultava morto e sepolto. E qualcuno dei presenti, al quale evidentemente Vattiato stava sui cabasisi, gli aveva allora, ammucciuni, mandato il ritaglio. Perché quelle righe, se leggiute nel modo giusto, in qualche modo intaccavano le sicurezze di Vattiato. L'anonimo che aveva mandato il ritaglio in realtà poneva una sola, semplicissima domanda: se il morto dilaniato dal treno è stato riconosciuto come Ernesto Errera dai documenti d'identità e da un anello al dito, come si fa a essere assolutamente certi che quei resti siano proprio di Errera? E di conseguenza: non può essere stato lo stesso Errera ad ammazzare uno che lontanamente gli somigliava, mettergli il portafoglio in tasca, l'anello al dito e sistemarlo sui binari nel modo più acconcio perché il treno, passando, lo rendesse irriconoscibile? E perché l'avrebbe fatto? Ma qui la risposta era ovvia: per far terminare le ricerche di Polizia e Carabinieri su di lui e travagliare, con una certa tranquillità, a Brindisi. Ma queste considerazioni, una volta fatte, gli parsero troppo cosa di romanzo.

Chiamò Augello. Mimì arrivò con una faccia scurusa.

«Non stai bene?».

«Lasciami perdere, Salvo. Stanotte l'ho passata vigliante a dare adenzia a Beba. Questa gravidanza è difficile assà. Che volevi?».

«Un consiglio. Ma prima senti una cosa. Catarella!».

«Ai comandi, dottori!».

«Catarè, ripeti qua al dottor Augello l'ipotesi che hai fatto e detto a me su Errera».

Catarella fece la faccia d'importanza.

«Io ci dissi al signori dottori che forsi forsi era possibili che il morto addivintò vivendi e appresso morse nuovamenti addivintando natante».

«Grazie, Catarè. Puoi andare».

Mimì stava a taliarlo con la vucca aperta.

«Beh?» lo sollecitò Montalbano.

«Senti, Salvo. Fino a un momento fa pensavo che le tue dimissioni sarebbero state una tragedia per tutti noi, ma ora, considerato il tuo stato di salute mentale, penso che prima te ne vai, meglio è. Ma come?! Adesso ti metti a sentire le minchiate che passano per la testa di Catarella? Vivendi, morendi e natanti?».

Senza dire una parola, Montalbano gli allungò il ritaglio di giornale.

Mimì se lo liggì due volte. Doppo lo posò sulla scrivania.

«Secondo te che viene a significare?» spiò.

«Che qualcuno ha voluto avvertirmi che esiste la possibilità – remota, d'accordo – che il cadavere sepolto a Cosenza non sia quello di Ernesto Errera» fece Montalbano.

«Il pezzo che mi hai fatto leggere» disse Mimì «è stato scritto da un giornalista due o tre giorni dopo il ritrovamento dei resti. E non dice se i nostri colleghi di Cosenza hanno fatto altre e più serie ricerche per arrivare a una identificazione certa. Sicuramente l'avranno fatto. E se tu ti muovi, se ti catamini per saperne di più sulla facenna, rischi di cadere nel trainello che ti hanno preparato».

«Ma che dici?!».

«Hai un'idea su chi ti ha spedito il ritaglio?».

«Forse qualcuno della Questura di Cosenza che, sentendo Vattiato che mi sfotteva, ha voluto offrirmi...».

«Salvo, tu lo conosci a Vattiato?».

«Non bene. È un omo burbero che...».

«Io ci ho travagliato insieme prima di venire qua. È una carogna».

«Ma perché mi avrebbe mandato l'articolo?».

«Per stuzzicare la tua curiosità e invogliarti a fare altre domande su Errera. Così tutta la Questura di Cosenza può ridere alle tue spalle».

Montalbano si susì a mezzo dalla seggia, cercò tra le carte ittate alla sanfasò sulla scrivania, trovò la scheda e le foto di Errera.

«Talìale ancora una volta, Mimì».

Augello, tenendo nella mano mancina la scheda con la foto di Errera, con la mano dritta pigliò a una a una le ricostruzioni della faccia del morto e diligentemente le confrontò. Doppo scosse la testa.

«Mi dispiace, Salvo. Rimango del mio parere: si tratta di due persone diverse, anche se si assomigliano assai. Hai altro da dirmi?».

«No» fece brusco il commissario.

Augello s'irritò.

«Salvo, io sono già nirbùso per i fatti miei, non ti ci mettere macari tu».

«Spiegati meglio».

«Certo che mi spiego! Ti sei incazzato pirchì io continuo a sostenere che il tuo morto non è Errera. Ma lo sai che sei un personaggio? Ti devo dire di sì, che sono la stessa pirsona per farti piacere?».

E sinni niscì sbattendo la porta.

La quale porta, doppo manco cinque minuti, si raprì violentemente, urtò contro la parete e, per il contraccolpo, si richiuse.

«Mi scusasse, dottori» fece la voce di Catarella da darrè la porta.

Quindi il battente principiò a raprirsi lentissimamente fino a quanto bastò perché Catarella avesse lo spazio minimo per trasire.

«Dottori, ci portai quello che mi desi Torrisi che mi disse che l'intirissava di pirsona pirsonalmenti».

Era un'immagine molto ingrandita di un particolare della scogliera sotto la villa di Spigonella.

«Dottori, migliori d'accussì meglio non veni».

«Grazie, hai fatto un ottimo lavoro».

Gli bastò un'occhiata per capacitarsi d'avere visto giusto.

Dall'uno all'altro dei due alti scogli che formavano la stretta imboccatura del minuscolo porto naturale, massimo massimo tre centimetri sopra il pelo dell'acqua correva una linea dritta e scura contro la quale la risacca si rompeva. Doveva essere una sbarra di ferro manovrabile dall'interno della villa che impediva agli estranei l'accesso al porticciolo con un natante qualisisiasi.

Questo poteva non significare niente di sospetto, massimo massimo veniva a dire che le visite improvvise via mare non erano gradite. Taliando meglio gli scogli notò su di essi, a un metro d'altizza dall'acqua, qualichi altra cosa che l'incuriosì. Taliò e ritaliò fino a quanno l'occhi gli fecero pupi pupi.

«Catarella!».

«Comandi, dottori!».

«Fatti prestare da Torretta una lente d'ingrandimento».

«Subito, dottori».

Ci aveva inzertato: Catarella infatti tornò con una grande lente che pruì al commissario.

«Grazie, puoi andare. E non lasciare la porta aperta».

Non gli piaceva farsi sorprendere da Mimì o da Fazio in un atteggiamento tipico di Sherlock Holmes.

Con la lente arriniscì a capire di cosa si trattava: erano due faretti che, addrumati quanno facìva scuro o in caso di scarsa visibilità, delimitavano con precisione l'imboccatura, evitando accussì a chi manovrava per trasire, il rischio di andare a sbattere sugli scogli. L'installazione di certo doveva essere stata fatta dal primo proprietario, l'americano contrabbandiere, al quale tutto quell'armamentario doveva essere stato utile assà; ma macari i successivi inquilini l'avevano tenuto funzionante. Restò a longo a ragionare. Lentamente principiava a farsi strata nella sò testa la pinsata che forse era necessario andarci a dare un'occhiata più da vicino, possibilmente venendo dalla parte di mare. E, soprattutto, andarci a taci maci, senza avvertire nisciuno.

Taliò il ralogio, Ingrid stava per arrivare. Cavò il portafoglio dalla sacchetta per controllare se aviva dinaro bastevole per la cena. In quel momento, sul vano della porta apparse Catarella affannato:

«Ah dottori! Fora c'è la signorina Inghirighid che l'aspetta!».

Ingrid volle che il commissario acchianasse nella sò machina.

«Con la tua non arriveremo mai e ce n'è strada da fare».

«Ma dove mi porti?».

«Vedrai. Una volta tanto puoi interrompere la monotonia dei tuoi piatti di pesce, no?».

Tra la parlantina di Ingrid e la velocità che la svidisa teneva, a Montalbano non parse di aviri caminato tanto quando la machina si fermò davanti a un casale in aperta campagna. Quello era veramente un ristorante o Ingrid si era sbagliata? La presenza di una decina di auto parcheggiate lo rassicurò. Appena trasuti, la svidisa salutò e venne salutata da tutti, era di casa. Il proprietario s'apprecipitò.

«Salvo, vuoi mangiare quello che mangio io?».

E accussì il commissario si godì un piatto di ditalini cu 'a ricotta, frisca e giustamente salata, con l'aggiunta di cacio picorino e pepe nìvuro. Piatto che chiamava a gran voce vino: richiesta che venne ampiamente esaudita. Per secondo si sbafò costi 'mbriachi, ossia coste di maiale annegate nel vino e nello stratto di pummadoro. Al momento di pagare il conto, il commissario aggiarniò: si era scordato il portafoglio sulla scrivania dell'ufficio. Pagò Ingrid. Quanno pigliarono la strata del ritorno, la machina ogni tanto faciva qualche giro di valzer. Davanti al commissariato, Montalbano pregò Ingrid di fermarsi, voleva recuperare il portafoglio.

«Vengo con te» fece la svidisa «non ho mai visto il posto dove lavori».

Trasirono nell'ufficio. Il commissario si avvicinò alla scrivania, Ingrid macari. Montalbano pigliò in mano il portafoglio e la svidisa inveci taliò le fotografie sul tavolino e ne pigliò in mano una.

«Perché tieni sulla scrivania le foto di Ninì?» spiò.

Dodici

Tutto si fermò per un attimo, per un attimo andò via macari il confuso sottofondo sonoro del mondo. Persino una mosca che stava decisamente puntando sul naso del commissario s'apparalizzò restando, le ali aperte, suspisa e ferma in aria. Non ricevendo risposta alla sua domanda, Ingrid isò l'occhi. Montalbano pariva una statua, stava col portafoglio infilato a mezzo nella sacchetta, la vucca spalancata e la taliava.

«Perché hai tutte queste foto di Ninì?» spiò nuovamente la svidisa pigliando in mano le altre che stavano sulla scrivania.

Una specie di libeccio furioso percorreva intanto a grandissima velocità tutti i giri e rigiri del ciriveddro del commissario che non arrinisciva a ripigliarsi. Ma come?! Avivano circato dovunque, telefonato a Cosenza, spulciato l'archivio, interrogato possibili testimoni, esplorato Spigonella via terra e via mare nel tentativo di dare un nome al morto e ora se ne veniva Ingrid e, frisca come un quarto di pollo, lo chiamava persino con un diminutivo?

«Lo... co... co...».

Montalbano stava faticosamente articolando una domanda esclamativa «lo conosci?!» però Ingrid equivocò e l'interruppe.

«Lococo, appunto» disse. «Credo di avertene già parlato».

Vero era. Gliene aviva parlato quella sira che sulla verandina si erano scolata una bottiglia di whisky. Gli aveva detto che aviva avuto una storia con questo Lococo, ma che si erano lasciati perché... perché?

«Perché vi siete lasciati?».

«L'ho lasciato io. C'era qualcosa in lui che non mi faceva stare tranquilla, ero sempre in guardia... non riuscivo a rilassarmi... anche se non me ne dava motivo...».

«Aveva pretese... particolari?».

«A letto?».

«Sì».

Ingrid isò le spalle.

«Non più particolari di quelle di qualsiasi altro uomo».

Pirchì a quelle parole sentì un'assurda pungicatura di gilusia?

«E allora cos'era?».

«Guarda, Salvo, era una sensazione che non riesco a spiegare con le parole...».

«Cosa ti ha detto che faceva?».

«Era stato comandante di petroliere... Poi aveva ricevuto un'eredità... sostanzialmente non faceva niente».

«Come vi eravate conosciuti?».

Ingrid rise.

«Per caso. A un distributore di benzina. C'era la fila. Attaccammo discorso».

«Dove v'incontravate?».

«A Spigonella. Sai dov'è?».

«La conosco».

«Scusami, Salvo, ma mi stai facendo un interrogatorio?».

«Direi di sì».

«Perché?».

«Te lo spiego dopo».

«Ti dispiace se lo continuiamo in un altro posto?».

«Qui non ti va bene?».

«No. Qui dentro, mentre mi fai queste domande, mi sembri un altro».

«Come, un altro?».

«Sì, un estraneo, uno che non conosco. Possiamo andare a casa tua?».

«Come vuoi. Ma niente whisky. Almeno non prima d'avere finito».

«Agli ordini, signor commissario».

Andarono a Marinella ognuno con la propria machina e naturalmente la svidisa arrivò assà prima di lui.

Montalbano andò a rapriri la porta finestra che dava sulla verandina.

La nuttata era dolcissima, forse tanticchia troppo. Aviva un sciauro misto di salsedine e di mentuccia. Il commissario respirò a fondo, i suoi polmoni se la scialarono.

«Ci mettiamo sulla verandina?» propose Ingrid.

«No, meglio dentro».

S'assittarono, l'uno di fronte all'altra, al tavolo di mangiare. La svidisa lo taliava e pareva perplessa. Il com-

175

missario si posò allato la busta con le fotografie di Lococo che si era portate dal commissariato.

«Posso sapere il perché di tutto questo interesse per Ninì?».

«No».

La svidisa ci restò male e Montalbano se ne addunò.

«Se te lo dicessi, molto probabilmente influenzerei le tue risposte. Mi hai detto che lo chiamavi Ninì. Diminutivo di Antonio?».

«No. Di Ernesto».

Era un caso? Quelli che si cangiavano generalità in genere conservavano le iniziali del nome e del cognome. Il fatto che tanto Lococo quanto Errera si chiamavano tutti e due Ernesto veniva a significare che erano la stissa pirsona? Meglio andarci piano, un pedi leva e l'altro metti.

«Era siciliano?».

«Non mi disse di dov'era. Solo una volta mi raccontò che si era sposato con una ragazza di Catanzaro e che la moglie era morta due anni dopo il matrimonio».

«Disse proprio Catanzaro?».

Ingrid parse esitare, tirò fora la punta della lingua.

«O forse Cosenza?».

Adorabili rughe le comparsero sulla fronte.

«Mi sono sbagliata. Disse proprio Cosenza».

E due! Il defunto signor Ernesto Lococo continuava a guadagnare punti di somiglianza con l'altrettanto defunto signor Ernesto Errera. Di scatto, Montalbano si susì e andò a baciare Ingrid all'angolo della bocca. Lei lo taliò ironica.

«Fai sempre così quando quelli che interroghi ti danno la risposta che volevi sentire?».

«Sì, soprattutto se sono mascoli. Dimmi una cosa: il tuo Ninì zoppicava?».

«Non sempre. Quando il tempo non era buono. Ma si notava appena».

Il dottor Pasquano aviva visto giusto. Solo che non si sapiva se macari Errera zuppiava o no.

«Quant'è durata la vostra storia?».

«Pochissimo, un mese e mezzo o poco più. Ma…».

«Ma?».

«È stata molto intensa».

Zac! Un'altra pungicata di gilusia immotivata.

«E quand'è finita?».

«Quasi due mesi fa».

Quindi poco prima che qualichiduno l'ammazzasse.

«Dimmi esattamente come hai fatto a lasciarlo».

«Io lo chiamai di mattina sul cellulare per avvertirlo che in serata sarei andata a trovarlo a Spigonella».

«Vi vedevate sempre di sera?».

«Di sera tardi, sì».

«Non andavate, che so, a un ristorante?».

«No. Fuori dalla villa di Spigonella non ci siamo mai incontrati. Pareva non volesse farsi vedere in giro, né con me né senza di me. E questa era un'altra cosa che mi turbava».

«Vai avanti».

«Dunque, lo chiamai per dirgli che sarei andata da lui quella sera. Ma lui mi rispose che proprio non potevamo vederci. Era arrivata una persona con la quale doveva parlare. Questo era già capitato due volte. Stabilimmo di vederci la sera dopo. Senonché io la sera dopo non ci andai. Di mia volontà».

«Ingrid, sinceramente non riesco a capire perché tu, di punto in bianco...».

«Salvo, provo a spiegarmi. Io arrivavo con la mia macchina. Trovavo il primo cancello aperto. Facevo la stradina privata che portava alla villa. Anche il secondo cancello era aperto. Mettevo la macchina in garage mentre Ninì, al buio, andava a chiudere i cancelli. Salivamo insieme la scala...».

«Quale scala?».

«La villa ha un piano terra e un primo piano, no? Al primo piano, che era quello affittato da Ninì, si poteva salire da una scala esterna laterale».

«Fammi capire. Non aveva affittato tutta la villa?».

«No, solo il primo piano».

«E non c'era comunicazione tra il primo piano e il piano terra?».

«Sì. C'era, almeno così mi disse Ninì, una porta che dava su una scala interna. Ma le chiavi di quella porta ce l'aveva il padrone di casa».

«Quindi tu della villa conosci solo il primo piano?».

«Esattamente. Ti dicevo: salivamo la scala e andavamo direttamente in camera da letto. Ninì era un maniaco: ogni volta che accendevamo la luce in una camera si assicurava che non trapelasse all'esterno. Non solo le imposte erano chiuse, ma davanti a ogni finestra c'era una tenda pesante».

«Vai avanti».

«Ci spogliavamo e cominciavamo a fare l'amore. A lungo».

Zaaaaaaac. Non fu più pungicatura, ma coltellata vera e propria.

«Quella volta che non potei incontrarmi con lui, chissà perché cominciai a riflettere su quella storia. La prima cosa che notai fu che non mi era mai venuta voglia di dormire, di passare una notte con Ninì. Fumando la rituale sigaretta del dopo, io guardavo il soffitto, lui pure. Non parlavamo, non avevamo niente da dirci. Quelle sbarre alle finestre...».

«Ci sono le sbarre?».

«In tutte le finestre. Anche in quelle al piano terra. Quelle sbarre, che vedevo senza vederle al di là delle tende, mi davano la sensazione di essere in una specie di carcere... certe volte lui si alzava e andava a parlare alla radio...».

«Ma che dici?! Quale radio?».

«Era un radioamatore, così mi disse. Mi spiegò che la radio gli teneva molta compagnia quando navigava e che da allora... Aveva una grossa attrezzatura in salone».

«Hai sentito quello che diceva?».

«Sì, ma non capivo... Parlava spesso in arabo o una lingua simile. Io dopo un poco mi rivestivo e me ne andavo. Allora quel giorno ho cominciato a farmi delle domande e ho concluso che era una storia senza senso o che comunque era durata anche troppo. E non sono andata a trovarlo».

«Lui aveva il numero del tuo cellulare?».

«Sì».

«Ti telefonava?».

«Certo. Per avvertirmi di ritardare il mio arrivo o di anticiparlo».

«E non ti sei meravigliata del fatto che non ti abbia cercata dopo che non ti eri fatta vedere all'appuntamento?».

«Se devo essere sincera, sì. Ma dato che lui non mi telefonò, pensai che era meglio così».

«Senti, cerca di ricordare bene. Mentre stavi con lui, non hai mai sentito dei rumori nel resto della casa?».

«Che significa il resto della casa? Vuoi dire nelle altre stanze?».

«No, volevo dire il pianterreno».

«Che genere di rumori?».

«Mah, voci, suoni... una macchina in arrivo...».

«No. Il piano di sotto era disabitato».

«Gli telefonavano spesso?».

«Quando stavamo assieme, spegneva i cellulari».

«Quanti ne aveva?».

«Due. Uno era satellitare. Quando li riaccendeva, veniva chiamato quasi immediatamente».

«Parlava sempre in arabo o quello che era?».

«No, qualche volta in italiano. Ma in questo caso se ne andava in un'altra stanza. Del resto non è che a me importasse molto sapere quello che diceva».

«E che spiegazioni ti dava?».

«Di che?».

«Di tutte quelle telefonate».

«Perché avrebbe dovuto darmi spiegazioni?».

E macari questo era vero.

«Sai se aveva amici da queste parti?».

«Mai visti. Non credo. Non avere amicizie gli tornava comodo».

«Perché?».

«Una delle rare volte nelle quali mi parlò di sé, mi raccontò che nell'ultimo viaggio che aveva fatto la sua petroliera aveva provocato un grosso danno ecologico. C'era una causa in corso, la società armatrice l'aveva consigliato di sparire per un po'. E questo spiegava tutto, il suo starsene sempre a casa, la villa solitaria, eccetera».

Macari se prendiamo per vero tutto quello che ha contato a Ingrid – rifletté il commissario – non si riesce a capire perché Lococo-Errera abbia fatto la fine che ha fatto. Vogliamo pensare che il suo armatore, per non farlo testimoniare, abbia ordinato d'ammazzarlo? Ma via! Losche ragioni per quell'omicidio certamente esistevano, e la descrizione che Ingrid faceva di quell'omo non era quella di una pirsona che non ha nenti da ammucciare, ma le ragioni erano da cercare da altre parti.

«Credo di essermi meritata un po' di whisky, signor commissario» disse a questo punto Ingrid.

Montalbano si susì, andò a raprire l'armadietto. Fortunatamente Adelina aviva pinsato a fare rifornimento, c'era una bottiglia nova nova. Andò in cucina a pigliare due bicchieri, tornò, s'assittò, inchì a mità i bicchieri. Tutti e due lo vivivano liscio. Ingrid pigliò il suo, lo isò, taliò fissa il commissario.

«È morto, vero?».

«Sì».

«Assassinato. Altrimenti non te ne occuperesti tu».

Montalbano fece 'nzinga di sì con la testa.

«Quando è successo?».

«Credo che non ti abbia chiamato, dopo che tu non eri andata a trovarlo, perché non era più in condizione di farlo».

«Era già morto?».

«Non so se l'hanno ammazzato subito o l'hanno tenuto prima a lungo prigioniero».

«E... come?».

«L'hanno annegato».

«Tu come l'hai scoperto?».

«È lui che si è fatto scoprire».

«Non capisco».

«Ti ricordi che mi hai detto d'avermi visto in televisione nudo?».

«Sì».

«Il morto che ho incrociato nuotando era lui».

Solo allora Ingrid portò alle labbra il bicchiere e non le staccò fino a quando del whisky non ne rimase manco una goccia. Doppo si susì, andò alla verandina, niscì fora. Montalbano vippi il primo sorso e s'addrumò una sigaretta. La svidisa trasì, andò in bagno. Tornò con la faccia lavata, s'assittò nuovamente e nuovamente si inchì il bicchiere.

«Ci sono altre domande?».

«Ancora qualcuna. Nella villa di Spigonella c'è niente di tuo?».

«Non ho capito».

«Voglio dire: hai lasciato lì qualcosa?».

«Che avrei dovuto lasciare?».

«Che ne so? Biancheria di ricambio...».

«Mutandine?».

«Beh...».

`No, non c'è niente di mio. Ti ho detto che non ho mai provato il desiderio di passare una notte intera con lui. Perché me lo chiedi?».

«Perché prima o poi dovremo perquisire la villa».

«Vai tranquillo. Altre domande? Sono un poco stanca».

Montalbano tirò fora dalla busta le foto, le pruì a Ingrid.

«Qual è quella che gli somiglia di più?».

«Ma non sono sue fotografie?».

«Sono ricostruzioni al computer. La faccia del cadavere era ridotta assai male, irriconoscibile».

La svidisa le taliò. Doppo scelse quella coi baffi.

«Questa. Però...».

«Però?».

«Due cose non sono giuste. I baffi erano assai più lunghi, avevano un'altra forma, come dire, alla tartara...».

«E l'altra?».

«Il naso. Le narici erano più larghe».

Montalbano tirò fora dalla busta la scheda d'archivio.

«Come in questa foto?».

«Qui è proprio lui» disse Ingrid «anche se non ha i baffi».

Non c'era più alcun dubbio: Lococo ed Errera erano la stessa pirsona. La pazzesca teoria di Catarella si era rivelata concreta verità.

Montalbano si susì, porse le mano a Ingrid e la fece susiri. Quanno la svidisa fu addritta, l'abbrazzò.

«Grazie».

Ingrid lo taliò.

«Tutto qui?»

«Portiamoci bottiglia e bicchieri nella verandina» disse il commissario. «Ora comincia la ricreazione».

S'assistimarono sulla panchina vicini vicini. La notte ora sciaurava di salsedine, di mentuccia, di whisky e d'albicocca, che era propriamente il sciauro della pelle di Ingrid. Un miscuglio che manco un profumiere di razza avrebbe saputo inventare.

Non parlarono, soddisfatti di starsene accussì. Il terzo bicchiere la svidisa lo lassò a mità.

«Mi permetti di stendermi sul tuo letto?» murmuriò a un tratto.

«Non vuoi tornare a casa?».

«Non me la sento di guidare».

«Ti accompagno con la mia macchina. Poi domani...».

«Non voglio tornare a casa. Ma se a te proprio non va che resti qui, mi stendo solo pochi minuti. Poi me ne vado. D'accordo?».

«D'accordo».

Ingrid si susì, lo vasò sulla fronte, niscì dalla verandina. *Non voglio tornare a casa* – aveva detto. Che cosa rappresentava per Ingrid la casa sua e di suo marito? Forse un letto ancora più estraneo di quello dove in quel momento si era corcata? E se avesse avuto un figlio, la sua casa non gli sarebbe parsa diversa, più cavuda, più accogliente? Povera fìmmina! Quanta malinconia, quanta solitudine era capace d'ammucciare darrè la sua apparentemente superficiale gioia di vivere? Sentì dintra di sé montare una sensazione nuova verso Ingrid, un senso di struggente tenerezza. Vippi ancora qualche sorso di whisky e doppo, siccome cominciava a frisculiare, sinni trasì dintra con buttiglia e bicchieri. Dette un'occhiata alla càmmara di letto. Ingrid dormiva vistuta, si era solo levato le scarpe. S'assittò nuovamente al tavolo, voleva dare un'altra decina di minuti di sonno alla svidisa.

«Intanto facciamo un piccolo riassunto delle puntate precedenti» si disse.

Ernesto Errera è un delinquente abituale forse nato a Cosenza ma che comunque esercita da quelle parti. Ha un bel curriculum vitae che va dal furto con scasso alla rapina a mano armata. Ricercato, si butta latitante. E fino a questo punto, niente di diverso da centinara e centinara di altri sdilinquenti come lui. A un certo momento Errera ricompare a Brindisi.

Pare che abbia intrecciato ottimi rapporti con la malavita albanese e che ora si occupi di immigrazione clandestina. Come? In che veste? Non si sa.

La mattina dell'11 marzo dell'anno passato, un pastore delle parti di Cosenza scopre sui binari il corpo maciullato di un omo. Una disgrazia, il povirazzo è scivolato e non ha potuto scansarsi dal treno che sopraggiungeva. È ridotto tanto male che è possibile identificarlo solo dai documenti nel portafoglio e da un anello matrimoniale. La moglie lo fa seppellire nel camposanto di Cosenza. Passato qualche mese, Errera ricompare a Spigonella, in Sicilia. Solo che si fa chiamare Ernesto Lococo, vedovo, ex comandante di petroliere. Conduce una vita apparentemente solitaria, anche se ha frequenti contatti telefonici o addirittura attraverso una radio ricetrasmittente. Un brutto giorno qualcuno l'annega e lo tiene a marcire. Appresso, lo mette in acqua a navicare. E il catafero, navica che ti navica, va a incrociare proprio lui.

Domanda prima: che minchia era venuto a fare a Spigonella il signor Errera doppo essersi fatto passare ufficialmente per morto? Domanda seconda: chi e pirchì l'aveva reso non più ufficialmente ma concretamente cadavere?

Si era fatta l'ora di arrisbigliare a Ingrid. Trasì in càmmara di letto. La svidisa si era spogliata e si era infilata sutta il linzolo. Durmiva della bella. A Montalbano mancò il cori. Andò in bagno e appresso s'infilò macari lui sutta il linzolo adascio adascio. Subito gli arrivò alle nasche lo sciauro d'albicocca della pelle di Ingrid, tanto forte che ebbe un leggerissimo giramento di testa. Chiuse l'occhi. Nel sonno Ingrid si cataminò, allungò una gamba, posò il suo polpaccio su quello di Montalbano. Doppo tanticchia, la svidisa s'assistimò meglio: ora era tutta la gamba a poggiare su di lui, a tenerlo imprigionato. Parole gli tornarono a mente, parole che aviva detto adolescente in una recita filodrammatica: *Ci sono... certe buone albicocche... si spaccano a metà, si premono con due dita, per lungo... come due labbra succhiose...*

Tutto vagnato di sudore, il commissario contò fino a deci, appresso, con una serie di movimenti quasi impercettibili, si liberò, scinnì dal letto e santianno si andò a corcare sul divano.

E che cavolo! Manco sant'Antonio ce l'avrebbe fatta!

Tredici

S'arrisbigliò tutto un duluri, da qualichi tempo durmiri sul divano veniva a significare che la matina appresso si susiva con l'ossa rotte. Supra il tavolino della càmmara di mangiare c'era un bigliettino di Ingrid.

«Dormi come un angioletto e per non svegliarti vado a fare la doccia a casa mia. Ti bacio Ingrid. Chiamami».

Stava per avviarsi verso il bagno che squillò il telefono. Taliò il ralogio: erano le otto scarse.

«Dottore, ho bisogno di vederla».

Non riconobbe la voce.

«Ma chi sei?».

«Marzilla, dottore».

«Vieni al commissariato».

«Nonsi, al commissariato no. Capace che mi vedono. La vengo a trovare, ora che è solo».

E come faciva a sapiri che prima era in compagnia e ora era solo? Stava a spiarlo ammucciato nelle vicinanze?

«Ma dove sei?».

«A Marinella, dottore. Quasi darrè la sua porta. Ho visto nesciri la fìmmina e le telefonai».

«Tra un minuto ti faccio entrare».

Si desi una rapita lavatina di faccia e andò a raprire. Marzilla stava addossato alla porta come se dovesse ripararsi da una pioggia che non c'era, trasì scostando
il commissario. Al suo passaggio, una zaffata di sudore rancido colpì le nasche di Montalbano. Marzilla, addritta in mezzo alla càmmara, affannava che pareva avesse fatto una longa curruta, la faccia ancora più gialla,
l'occhi spiritati, i capelli ritti.

«Sto morendo di scanto, dottore».

«Ci sarà uno sbarco?».

«Più di uno, contemporaneamente».

«Quando?».

«Dopodomani notti».

«Dove?».

«Non me lo dissero. Comunque mi hanno fatto sapere che sarà una cosa grossa che però non mi riguarda».

«Beh, allora perché sei scantato? Tanto tu non c'entri».

«Pirchì la pirsona che lei sa e che mi parlò di questo
sbarco mi disse macari che io oggi devo darmi malato,
devo restare a sua disposizione».

«Ti fece sapere quello che vuole?».

«Sissi. Stasira alle deci e mezza io, con una machina veloci che mi fanno trovare davanti alla casa, devo
andare in un posto vicino a capo Russello, carricare delle persone e portarle dove uno di loro mi farà sapere».

«Quindi tu adesso non sai dove devi portarle».

«Nonsi, me lo dirà quando sarà acchianato in machina».

«A che ora l'hai ricevuta la telefonata?».

«Stamatina che manco erano le sei. Dottore, mi deve credere, ho cercato di rifiutarmi. Ho spiegato che fino a quando si trattava di travagliare con l'ambulanza... Ma non c'è stato verso. Mi ha detto e ripetuto che se io non ubbidivo o che se la facenna andava storta, mi faceva ammazzare».

E si mise a chiangiri crollando su una seggia. Un chianto che a Montalbano parse osceno, insopportabile. Quell'omo era una merda. Una merda trimolante come un budino. Doveva tenersi dalla voglia di satargli addosso, di cangiargli la faccia in un ammasso sanguinante di pelle, carne, ossa.

«Che devo fare, dottore? Che devo fare?».

Lo scanto gli faceva tirare fora una voce da galletto strangolato.

«Quello che ti hanno detto di fare. Però, appena ti portano la macchina sotto casa, mi devi far sapere marca, colore e, se possibile, targa. E ora levati dai cabasisi. Cchiù chiangi e cchiù mi veni gana di fracassarti a pidati le gengive».

Mai, manco se se lo vidiva davanti moribondo, gli avrebbe pirdonato la gnizione al picciliddro dintra l'ambulanza. Marzilla si susì di scatto, atterrito, currì verso la porta.

«Aspetta. Prima spiegami il punto esatto dell'incontro».

Marzilla glielo spiegò. Montalbano non lo capì bene, ma siccome s'arricordò che Catarella gli aviva detto che un suo fratello abitava da quelle parti, si ripromise di spiarlo a lui. Doppo Marzilla disse:

«E vossia che intenzione ha?».

«Io? E che intenzione devo avere? Tu, stanotte, quando hai finito, mi telefoni e mi dici dove hai accompagnato queste persone e come sono fatte».

Stabilì – mentre si faciva la varba – di non informare nisciuno in commissariato di quello che gli aviva detto Marzilla. In fondo, quella sull'assassinio del picciliddro extracomunitario era un'indagine del tutto personale, un conto aperto che difficilmente, ne era pirsuaso, sarebbe arrinisciuto a chiudere. Sì, però almeno di una mano d'aiuto ne aviva di bisogno. Tra l'altro, Marzilla aviva contato che gli avrebbero fatto trovare davanti casa una macchina veloce. Il che veniva a significare che per lui, Montalbano, non era cosa. Date le sue ridotte attitudini alla guida, non ce l'avrebbe fatta a stare appresso a Marzilla che certamente si sarebbe messo a curriri. Gli venne un'idea, ma la scartò. Ostinata, l'idea gli tornò e lui con pari ostinazione la riscartò. L'idea assumò per la terza volta mentre si stava pigliando l'ultimo cafè prima di nesciri di casa. E questa volta cedette.

«Bronto? Ghi balla?».

«Il commissario Montalbano sono. C'è la signora?».

«Tu spetare, io vedere».

«Salvo! Che c'è?».

«Ho ancora bisogno di te».

«Ma sei insaziabile! Non ti è bastata la notte appena passata?» fece, maliziosa, Ingrid.

«No».

«Beh, se proprio non puoi resistere, arrivo subito».

«Non c'è bisogno che vieni ora. Se sei libera da altri impegni, puoi trovarti qua a Marinella verso le nove di stasera?».

«Sì».

«Senti, hai un'altra macchina?».

«Posso prendere quella di mio marito. Perché?».

«La tua dà troppo nell'occhio. Quella di tuo marito è veloce?».

«Sì».

«Allora a stasera. Grazie».

«Aspetta. In che veste?».

«Non ho capito».

«Ieri sera sono venuta da te come testimone. E stasera?».

«In veste di vicesceriffo. Ti darò la stella».

«Dottori, Marzilla non tilifonò!» fece Catarella scattando addritta.

«Grazie, Catarè. Ma stai sempre in campana, mi raccomando. Mi mandi il dottor Augello e Fazio?».

Come aveva deciso avrebbe parlato con loro solo degli sviluppi della facenna del morto natante. Il primo a trasire fu Mimì.

«Come sta Beba?».

«Meglio. Stanotte abbiamo potuto finalmente dormire tanticchia».

Appresso s'appresentò Fazio.

«Vi devo dire che, del tutto casualmente» attaccò il commissario «sono arrivato a dare un'identità al morto annegato. Tu, Fazio, sei stato bravo a scoprire che negli ultimi tempi era stato visto a Spigonella. Ci abitava. Aveva affittato la villa con un gran terrazzo sul mare. Te la ricordi, Fazio?»

«Certo».

«Diceva d'essere un comandante di petroliere e si faceva chiamare Ernesto, per gli amici Ninì, Lococo».

«Perché, come si chiamava veramente?» spiò Augello.

«Ernesto Errera».

«Madunnuzza santa!» fece Fazio.

«Come quello di Cosenza?» spiò ancora Mimì.

«Esattamente. Erano la stessa persona. Mi dispiace per te, Mimì, ma aveva ragione Catarella».

«Io vorrei sapere come ci sei arrivato tu a questa conclusione?» incalzò Augello, sostenuto.

Evidentemente la facenna non gli calava.

«Non ci sono arrivato io. È stata la mia amica Ingrid».

E contò loro tutta la storia. Quanno ebbe finito di parlare, Mimì si pigliò la testa tra le mani e ogni tanto la scuoteva.

«Gesù, Gesù» faciva a mezza voce.

«Perché ti meravigli tanto, Mimì?»

«Non mi meraviglio per la cosa in sé, ma per il fatto che Catarella, mentre noi ci rompevamo le corna, lui c'era arrivato da tempo, a questa precisa conclusione».

«Ma allora non hai mai capito chi è Catarella!» fece il commissario.

«No, chi è?».

«Catarella è un picciliddro, un bambino dentro al corpo di un omo. E perciò ragiona con la testa di uno che non ha manco sette anni».

«E con ciò?».

«Con ciò voglio dire che Catarella ha la fantasia, le alzate d'ingegno, le invenzioni di un picciliddro. Ed essendo picciliddro, queste sue cose le dice, senza ritegno. E spisso c'inzerta. Perché la realtà, vista con l'occhi nostri, è una cosa, mentre vista da un picciliddro è un'altra».

«In conclusione, ora che facciamo?» intervenne Fazio.

«Lo domando a voi» disse Montalbano.

«Dottore, se il dottore Augello me lo permette, piglio la parola. Voglio dire che la facenna non è tanto semplice. Ora come ora, questo morto ammazzato, Lococo o Errera non importa, non risulta da nisciuna parte ufficialmente come morto ammazzato, né presso la Questura né presso la Procura. Risulta essere uno annegato per disgrazia. Perciò mi domando e dico: a che titolo apriamo un fascicolo e continuiamo le indagini?».

Il commissario ci pinsò tanticchia.

«Facciamo quella della telefonata anonima» arrisolvette.

Augello e Fazio lo taliarono interrogativi.

«Funziona sempre. L'ho fatto altre volte, state tranquilli».

Pigliò dalla busta la foto di Errera coi baffi e la pruì a Fazio.

«Portala subito a "Retelibera", la devi dare manu cu manu a Nicolò Zito. Digli, a nome mio, che m'abbisogna un appello urgente col notiziario di stamatina. Deve dire che i familiari di Ernesto Lococo sono disperati perché non hanno sue notizie da oltre due mesi. Scappa».

Senza manco fare biz, Fazio si susì e niscì. Montalbano considerò Mimì attentamente come se si fosse addunato solo in quel momento che Augello era davanti a lui. Mimì, che conosceva quel tipo di taliata, si agitò sulla seggia a disagio.

«Salvo, che minchia ti sta passando per la testa?».

«Come sta Beba?».

Mimì lo taliò strammato.

«Me l'hai già domandato, Salvo. Sta meglio».

«Quindi è in grado di fare una telefonata».

«Certo. A chi?».

«Al pm, al dottor Tommaseo».

«E che gli deve dire?».

«Deve recitare una scena di tiatro. Una mezzorata doppo che Zito ha mandato in tv la fotografia, Beba deve fare una telefonata anonima, con voce isterica, al dottor Tommaseo dicendogli che lei ha visto quell'omo, l'ha perfettamente riconosciuto, di certo non si sbaglia».

«Come? Dove?» spiò urtato Mimì al quale la facenna di mettere in mezzo Beba proprio non quatrava.

«Ecco, deve contargli che un due mesi passati, mentre si trovava in macchina a Spigonella, ha visto quest'uomo mentre altri due lo massacravano di botte. A un certo momento l'uomo è riuscito a liberarsi dai due e ad avvicinarsi all'auto dove stava Beba, ma è stato nuovamente agguantato e portato via».

«E che ci faceva Beba in macchina?».

«Stava facendo cose vastase con uno».

«Ma va! Beba non lo dirà mai! E macari a mia scoccia!».

«E invece questo è fondamentale! Tu lo sai com'è fatto Tommaseo, no? In queste storie di sesso ci si pasce. Questa è l'esca giusta per lui, vedrai che abbocca. Anzi, se Beba si può inventare qualche particolare scabroso...».

«Ma sei nisciuto pazzo?».

«Una qualche cosuzza...».

«Salvo, tu hai una testa malata!».

«Ma pirchì t'incazzi? Io dicevo una fissaria qualsiasi, per esempio che dato che erano tutti e due nudi non sono riusciti a intervenire...».

«Va bene, va bene. E poi?».

«E poi quando Tommaseo ti telefona tu...».

«Scusa, perché dici che Tommaseo telefona a me e non a te?».

«Perché io oggi doppopranzo non ci sono. Tu devi dirgli che noi già abbiamo una traccia, perché la denunzia di scomparsa l'avevamo già ricevuta, e ci necessita un mandato di perquisizione in bianco».

«In bianco?!».

«Sissignore. Perché io questa villa di Spigonella so dove si trova, ma non so a chi appartiene e se ancora ci abita qualcuno. Sono stato chiaro?».

«Chiarissimo» fece Mimì di umore malo.

«Ah, un'altra cosa: fatti dare macari l'autorizzazione per intercettare le telefonate che fa o riceve Marzilla Gaetano che abita a Montelusa in via Francesco Crispi 18. Prima si mettono in ascolto meglio è».

«E che ci trase questo Marzilla?».

«Mimì, non ci trase in questa inchiesta. Mi può servire per una cosa che ho in mente. Ma ti rispondo con una frase fatta che ti farà felice: tento di pigliare due piccioni con una fava».

«Ma...».

«Mimì, se continui, io piglio quella fava che doveva servirmi per i piccioni e te la...».

«Ho capito, ho capito».

Fazio s'arricampò doppo manco un'orata.

«Fatto tutto. Zito manderà in onda la foto e l'appello col notiziario delle quattordici. La saluta».

E fece per andarsene.

«Aspetta».

Fazio si fermò, certo che il commissario avrebbe continuato dicendogli qualichi cosa. Invece Montalbano non parlò. Si limitava a squatrarlo. Fazio, che l'accanosceva, s'assittò. Il commissario continuò a squatrarlo. Ma Fazio sapiva benissimo che in realtà quello non lo taliava: teneva sì l'occhi supra di lui, ma forse non lo vedeva pirchì aviva la testa persa chissà indovi. E difatti Montalbano andava spiandosi se non era il caso di farsi dare una mano d'aiuto da Fazio. Ma se gli avesse contato tutta la facenna del picciliddro extracomunitario, Fazio come l'avrebbe pigliata? Non avrebbe potuto rispondere che, a suo parere, si trattava di una fantasia del commissario, priva di qualsiasi fon-

196

damento? Forse però, contandogli la mezza messa, sarebbe arrinisciuto ad avere qualche informazione senza esporsi troppo.

«Senti, Fazio, tu sai se dalle parti nostre ci sono extracomunitari clandestini che travagliano in nero?».

Fazio non parse meravigliato della domanda.

«Ce ne sono tanti, dottore. Ma propriamente dalle parti nostre, no».

«E dove allora?».

«Dove ci sono serre, vigneti, pomodori, aranceti... Al nord l'impiegano nell'industria, qui da noi, che industrie non ce ne sono, travagliano nell'agricoltura».

Il discorso si stava facendo troppo generico. Montalbano decise di stringere il campo.

«In quali pàisi della nostra provincia ci sono queste possibilità per i clandestini?».

«Dottore, onestamente, non sono in grado di farle un elenco completo. Perché l'interessa?».

Era la domanda che più lo scantava.

«Mah... accussì... tanto per sapere...».

Fazio si susì, andò alla porta, la chiuì, tornò ad assittarsi.

«Dottore» fece «vuole avere la bontà di contarmi tutto?».

E Montalbano sbracò contandogli tutto di tutto, a partire dalla mallitta sira nella quale si era venuto a trovare sulla banchina fino all'ultimo incontro avuto con Marzilla.

«A Montechiaro ci sono le serre e ci travagliano più di un centinaro di clandestini. Può darsi che il picciliddro scappasse da lì. Il posto dove è stato scrafazza-to dalla macchina dista sì e no cinque chilometri».

«Non potresti informarti?» azzardò il commissario. «Ma senza dire niente qua, in commissariato».

«Posso provare» disse Fazio.

«Hai un'idea?».

«Mah... potrei provare a fare un elenco di quelli che affittano le case... case!... quali case!... le stalle, i sot-toscala, le fogne, ai clandestini. Vengono fatti stipa-re in deci in uno sgabuzzino senza finestra! Lo fanno in nero e si fanno pagare milioni. Ma forse posso far-cela. Una volta avuto questo elenco m'informo se re-centemente qualcuno di questi extracomunitari è sta-to raggiunto dalla mogliere... Non sarà una cosa faci-le, glielo dico subito».

«Lo so. E ti sono grato».

Ma Fazio non si susì dalla seggia.

«E per stasera?» spiò.

Il commissario capì a volo e fece la faccia di un an-gilu 'nnuccenti.

«Non ho capito».

«Dov'è che Marzilla va a pigliare quell'omo alle de-ci e mezza?».

Montalbano glielo disse.

«E lei che fa?».

«Io? Che devo fare? Niente».

«Dottore, non è che gli viene qualche alzata d'ingegno?».

«Ma no, stai tranquillo!».

«Mah!» fece Fazio susendosi.

Ancora sulla porta si fermò, si voltò.

«Dottore, guardi che se vuole stasera io sono libero e...».

«Bih, che camurria! Ma tu ti sei fissato!».

«Come se non lo conoscessi, a vossia» murmuriò Fazio raprendo la porta e niscenno.

«Addruma subito la televisione!» ordinò a Enzo appena trasuto nella trattoria.

Quello lo taliò ammaravigliato.

«Ma comu! Ogni volta che trase e la trova addrumata la voli astutata e ora ca la trova astutata la voli addrumata?».

«Puoi levarci l'audio» concesse Montalbano.

Nicolò Zito mantenne la promissa. A un certo punto del notiziario (due tir scontrati, una casa crollata, un omo con la testa spaccata che non si capiva che gli era capitato, una machina che pigliava foco, una carrozzina arrovesciata in mezzo alla strata, una fìmmina che si strappava i capelli, un operaio caduto da un'impalcatura, un tipo sparato dintra a un bar) spuntò la foto di Errera coi baffi. E questo significava il via libera alla scena che avrebbe dovuto recitare Beba. Però l'effetto di tutte quelle immagini fu che il pititto gli passò. Prima di tornare in ufficio, si fece una passiata consolatoria fino a sutta il faro.

La porta sbattì, l'intonaco cadì, Montalbano sobbalzò, Catarella spuntò. Rituale compiuto.

«E che minchia! Un giorno o l'altro farai crollare l'intero palazzo!».

«Domando compressione e pirdonanza, dottori, ma quando che mi vengo a trovari darrè la sò porta chiusa, mi moziono e la mano mi sciddrica».

«Ma che cosa ti emoziona?».

«Tutto quello che l'arriguarda, dottori».

«Che vuoi?».

«Ponzio Pilato arrivò».

«Fallo entrare. E non mi passare nessuna telefonata».

«Manco del signori e questori?».

«Manco».

«Manco della signorina Livia?».

«Catarè, non ci sono per nessuno, lo vuoi capire o te lo faccio capire io?».

«L'accapii, dottori».

Quattordici

Montalbano si susì per ricevere il giornalista e si fermò a mezzo, alluccuto. Perché sulla soglia si era appresentato quello che in prima gli era parso un grosso mazzo di giaggioli camminante. Invece si trattava di un omo, un cinquantino, tutto vistuto di sfumature varie di azzurro-violaceo, una specie di botolo tondo, faccia tonda, pancetta tonda, occhiali tondi, sorriso tondo. L'unica cosa non tonda era la bocca, le labbra erano accussì grosse e rosse che parevano finte, pittate. In un circo equestre sicuramente avrebbe potuto avere un grande successo come clown. Avanzò velocissimo, una trottola, pruì la mano al commissario. Il quale, per stringergliela, dovette stendersi di longo con la panza appoggiata sulla scrivania.

«Si accomodi».

Il mazzo di giaggioli s'assittò. Montalbano non credette alle sue nasche: quell'omo profumava macari di giaggiolo. Santiando dintra di sé, il commissario si priparò a perdere un'orata di tempo. O forse di meno, una scusa qualisisiasi per liquitarlo l'avrebbe trovata. Anzi, la meglio era priparare il terreno da subito.

«Lei mi scuserà, signor Pilato...».

«Melato».

Mallitto Catarella!

«... Melato, ma è capitato in una giornata veramente impossibile. Ho pochissimo tempo per...».

Il giornalista isò una manuzza che il commissario si stupì non fosse di colore violaceo, ma rosea.

«Capisco benissimo. Le ruberò poco tempo. Volevo iniziare con una domanda...».

«No, permetta che la domanda la faccia io: perché e di che vuole parlarmi?».

«Ecco, commissario, qualche sera fa mi trovavo sulla banchina del porto quando due motovedette della marina stavano facendo sbarcare... E l'ho intravista lì».

«Ah, per quello?».

«Sì. E mi sono chiesto se per caso uno come lei, un investigatore di fama...».

Aviva sbagliato. A sentirsi fare un elogio, un complimento, Montalbano s'inquartava. Chiuso a riccio, addivintava una palla di spine.

«Senta, io ero lì proprio per caso. Una questione di occhiali».

«Occhiali?» sbalordì l'altro.

Subito appresso fece un sorrisetto furbo.

«Ho capito. Lei mi vuole depistare!».

Montalbano si susì.

«Le ho detto la verità e lei non ci ha creduto. Penso che andare avanti così sarebbe un'inutile perdita di tempo per me e per lei. Buongiorno».

Il mazzo di giaggioli si susì e parse di colpo appassito. La sua manuzza pigliò quella che il commissario gli pruiva.

«Buongiorno» esalò strisciando verso la porta.

A Montalbano, improvvisamente, fece pena.

«Se le interessa il problema degli sbarchi degli extracomunitari la posso far ricevere da un collega che...».

«Il dottor Riguccio? Grazie, ci ho già parlato. Ma lui vede solo il grosso problema degli sbarchi dei clandestini e basta».

«Perché, ci sarebbe da vedere un problema più piccolo dentro un problema così grosso?».

«Volendo, sì».

«E quale sarebbe?».

«Il commercio di bambini extracomunitari» fece Sozio Melato raprendo la porta e niscendo.

Come nei cartoni animati, priciso 'ntifico all'istisso modo, due parole che il giornalista aviva allura allura detto, commercio e bambini, si solidificarono, apparsero stampate in nìvuro nell'aria, pirchì la càmmara non c'era più, ogni cosa scomparsa dintra una specie di luce lattiginosa che le cummigliava, doppo un milionesimo di secondo le due parole si mossero, s'intrecciarono l'una all'altra, ora erano due serpenti che s'azzuffavano, si fusero, cangiarono colore, addivintarono un globo luminosissimo dal quale si partì una specie di fulmine che centrò Montalbano in mezzo all'occhi.

«Madonna!» invocò aggrappandosi alla scrivania.

In meno di un secondo tutti i pezzi sparsi del puzzle che firriavano nella sò testa si andarono a sistemare al posto giusto, perfettamente combaciando. Poi tutto tornò normale, ogni cosa ricomparse nella sua forma e colore, ma quello che non arrinisciva a tornare ad essere normale era proprio lui, pirchì non ce la faciva a cataminarsi e la sò vucca s'arrefutava ostinatamente di raprirsi per richiamare narrè il giornalista. Finalmente arriniscì ad agguantare il telefono.

«Ferma il giornalista!» ordinò, con voce arragatata, a Catarella.

Mentri s'assittava e s'asciucava il sudore dalla fronti, sentì che fora si stava scatinanno un burdellu. Qualichiduno faciva voci (doviva essere Catarella):

«Fèrmati, Ponzio Pilato!».

Un altro diciva (doviva essere il giornalista):

«Ma che ho fatto? Lasciatemi!».

Un terzo se ne apprufittava (chiaramente un cornuto di passaggio):

«Abbasso la polizia!».

Finalmente la porta dell'ufficio si raprì con un botto che visibilmente atterrì il giornalista apparso sulla soglia riluttante, spinto da darrè da Catarella.

«Lo pigliai, dottori!».

«Ma che succede? Non capisco perché...».

«Mi scusi, signor Melato. Uno spiacevole equivoco, si accomodi».

E mentre Melato, più confuso che pirsuaso trasiva, il commissario intimò brusco a Catarella:

«Vai via e chiudi la porta!».

Il mazzo di giaggioli stava accasciato sulla seggia, era sfiorito a vista, al commissario venne gana di spruzzargli supra tanticchia d'acqua per rianimarlo. Ma forse la meglio era farlo parlare subito dell'argomento che l'interessava, come se non fosse successo niente.

«Mi stava dicendo di un certo commercio...».

Heri dicebamus. Funzionò alla perfezione. A Melato non gli passò manco per l'anticamera del cirivéddro di domandare spiegazioni per l'assurdo trattamento appena subito. Rifiorito, attaccò.

«Lei, commissario, non ne sa proprio niente?».

«Niente, glielo assicuro. E le sarei grato se...».

«Solo l'anno scorso, e le riferisco dati ufficiali, sono stati rintracciati in Italia poco meno di quindicimila minori non accompagnati da un parente».

«Mi sta dicendo che sono venuti da soli?».

«Così parrebbe. Di questi minori, tralasciamone almeno almeno più della metà».

«Perché?».

«Perché nel frattempo sono diventati maggiorenni. Bene, quasi quattromila, una bella percentuale, eh, provenivano dall'Albania, gli altri dalla Romania, dalla Jugoslavia, dalla Moldavia. Nel conto sono da mettere i mille e cinquecento dal Marocco e poi quelli dall'Algeria, dalla Turchia, dall'Iraq, dal Bangladesh e da altri paesi. È chiaro il quadro?».

«Chiarissimo. Età?».

«Subito».

Cavò dalla sacchetta un foglietto, se lo ripassò, se lo rimise in sacchetta.

«200 da 0 a 6 anni, 1.316 da 7 a 14 anni, 995 di 15 anni, 2.018 di 16 anni e 3.924 di 17 anni» recitò.

Taliò il commissario, sospirò.

«Ma questi sono i dati che conosciamo. Sappiamo per certo che centinaia e centinaia di questi bambini scompaiono una volta entrati nel nostro paese».

«Ma che fine fanno?».

«Commissario, ci sono organizzazioni criminali che li fanno arrivare apposta. Questi bambini valgono moltissimo. Sono anche roba da esportazione».

«Per cosa?».

Sozio Melato parse stupito.

«E me lo chiede? Recentemente un pm di Trieste ha raccolto una quantità enorme d'intercettazioni telefoniche che parlavano di compravendita di bambini extracomunitari per espianti d'organi. Le richieste di trapianti sono tante e in continuo aumento. Altri minori vengono messi a disposizione dei pedofili. Tenga presente che su un bambino così, solo, senza parenti, senza nessuno, si può, pagando cifre altissime, esercitare un certo tipo di pedofilia estrema».

«Cioè?» spiò Montalbano con la vucca arsa.

«Che comporta la tortura e la morte violenta della vittima procurando maggiore piacere al pedofilo».

«Ah».

«Poi c'è il racket dell'accattonaggio. Gli sfruttatori di questi bambini costretti a chiedere l'elemosina sono molto fantasiosi, sa? Ho parlato con un bambino albanese che era stato rapito e che il padre è riuscito a riprendersi. L'avevano reso zoppo, ferendolo profondamente al ginocchio e facendo di proposito infettare la ferita. Così impietosiva di più i passanti. A un altro hanno tagliato una mano, a un altro...».

«Mi scusi, devo lasciarla un attimo. Mi sono ricordato che dovevo fare una cosa» disse il commissario susendosi.

Appena chiusa la porta alle sue spalle, scattò. Catarella, completamente ammammaloccuto, si vitti passare davanti il commissario che correva come un centometrista, i gomiti isati all'altezza del petto, la falcata ampia e decisa. In un vidiri e svidiri Montalbano arrivò al bar vicino al commissariato e che era in quel momento vacante, s'appuiò al bancone.

«Dammi un whisky triplo e liscio».

Il barista non sciatò, servì. Il commissario se lo calumò in due sorsate, pagò e niscì.

Catarella era fermo impalato davanti alla porta della sua càmmara.

«Che fai qua?».

«Dottori, mi misi di guardia al cosiddetto» arrispunnì Catarella facendo 'nzinga con la testa verso l'ufficio. «Caso che mai al cosiddetto ci veni gana di scappari di nuovo nuovamenti».

«Va bene, ora puoi andare».

Trasì. Il giornalista non si era cataminato dal suo posto. Montalbano s'assittò darrè la scrivania. Si sentiva meglio, ora avrebbe avuto la forza di stare a sentiri nuovi orrori.

«Le ho domandato se questi bambini s'imbarcano da soli oppure se…».

«Commissario, le ho già detto che alle loro spalle c'è una potente organizzazione criminale. Alcuni, ma sono una minoranza, arrivano soli. Altri invece sono accompagnati».

«Da chi?».

«Da persone che si spacciano per essere i loro genitori».

«Dei complici?».

«Mah, non sarei così esplicito. Vede, il costo dell'imbarco è altissimo. I clandestini hanno fatto sacrifici enormi per ottenere il passaggio. Ora questo costo può essere dimezzato se qualcuno, assieme ai propri figli, introduce un minore che non appartiene alla famiglia. Ma oltre a questi accompagnatori, come dire, casuali, ci sono gli accompagnatori abituali, quelli che lo fanno per lucro. Si tratta di gente che a tutti gli effetti fa parte di questa vasta organizzazione criminale. E non sempre l'introduzione di un minore avviene facendolo confondere in un gruppo di clandestini. Ci sono altre strade. Le faccio un esempio. Un venerdì di qualche mese fa, attracca nel porto di Ancona la motonave che fa servizio merci e passeggeri con Durazzo. Ne sbarca una signora albanese poco più che trentenne, Giulietta Petalli. Al suo regolare permesso di soggiorno è attaccata la foto di un bambino, suo figlio, che tiene per mano. La signora arriva a Pescara, dove lavora, ma è sola, il bambino nel frattempo è scomparso. Gliela faccio breve: la Mobile di Pescara ha accertato che la dolce Giulietta, suo marito e un complice avevano introdotto in Italia cinquantasei bambini. Tutti svaniti nel nulla. Che ha, commissario, si sente male?».

Un flash. Montalbano, con un crampo che l'azzannò allo stomaco, per un attimo vide se stesso che teneva per mano il bambino, che lo riconsegnava a quella che credeva la madre… E quello sguardo, quell'occhi sbarracati che non sarebbe mai più arrinisciuto a scordare.

«Perché?» spiò facendo l'indifferente.

«È diventato pallido».

«Ogni tanto mi capita, è un fatto circolatorio, non si preoccupi. Mi dica piuttosto una cosa: se questo ignobile traffico si svolge nell'Adriatico, perché lei è venuto qua da noi?».

«Semplice. Perché i mercanti di schiavi in qualche modo sono stati costretti a cambiare rotta. Quella seguita per anni ora è troppo conosciuta, c'è stato un giro di vite, le intercettazioni sono diventate assai più facili. Tenga presente che già l'anno scorso, come le ho detto, erano arrivati dal Marocco milletrecentocinquantotto minori. Si è trattato quindi di ampliare le rotte preesistenti nel Mediterraneo. E questo è avvenuto da quando il tunisino Baddar Gafsa è diventato il capo indiscusso dell'organizzazione».

«Scusi, non ho capito. Come ha detto?».

«Baddar Gafsa, un personaggio, mi creda, da romanzo. Tra l'altro è soprannominato "lo sfregiato", pensi un po'. Più nobilmente, lo si potrebbe definire un vero cuore di tenebra. È un gigante che ama caricarsi di anelli, collane, braccialetti e che indossa sempre giacche di pelle. Poco più che trentenne, ha ai suoi ordini un vero e proprio esercito di assassini guidato dai tre luogotenenti Samir, Jamil e Ouled e una flottiglia di pescherecci, che non gli servono certo per pescare, infrattati nelle insenature di capo Bon al comando di Ghamun e Ridha, due espertissimi capitani che conoscono il canale di Sicilia come il loro lavandino. Ricercato da tempo, non è mai stato arrestato. Dicono che nei suoi rifugi segreti ci siano esposti decine di cadaveri di nemici da lui assassinati. Gafsa li tiene per un certo periodo bene in vista sia per scoraggiare possibili tradimenti sia per compiacersi della sua invincibilità. Trofei di caccia, mi spiego? Tra l'altro, è uno che viaggia molto per dirimere, a modo suo, le controversie tra i suoi collaboratori o per punire in modo esemplare chi non ubbidisce agli ordini. E così i suoi trofei aumentano».

A Montalbano pareva che Melato gli stava contando una pellicola troppo avventurosa e fantastica, di quelle che una volta si diceva che erano «americanate».

«Ma lei queste cose come le sa? Mi sembra bene informato».

«Prima di venire a Vigàta sono stato quasi un mese in Tunisia, da Sfax a Sousse e su su fino a El Haduaria. Mi ero procurato le entrature giuste. E guardi che ho abbastanza esperienza per saper scremare le leggende più o meno metropolitane dalla verità».

«Ancora però non mi ha chiarito perché è venuto proprio qua a Vigàta. Ha saputo qualcosa in Tunisia che l'ha spinta a venire da noi?».

La grande bocca di Sozio Melato si quadruplicò in un sorriso.

«Lei è proprio così intelligente come me l'avevano descritto, commissario. Ho saputo, non le dirò come perché sarebbe troppo complicato, ma le assicuro l'assoluta attendibilità della fonte, che Baddar Gafsa è stato visto a Lampedusa di ritorno da Vigàta».

«Quando?».

«Poco più di due mesi fa».

«E le hanno detto che cosa era venuto a fare?».

«Me l'hanno accennato. Anzitutto è bene che sappia che Gafsa ha qui una grossa base di smistamento».

«A Vigàta?».

«O nei dintorni».

«Che significa base di smistamento?».

«Un posto dove Gafsa fa convergere certi clandestini di valore oppure importanti...».

«Cioè?».

«Minori, appunto, o terroristi o informatori da infiltrare o persone già dichiarate indesiderabili. Li tiene lì prima di farli partire per le loro destinazioni definitive».

«Ho capito».

«Questa base di smistamento era sotto il controllo di un italiano, prima che Gafsa diventasse il capo dell'organizzazione. Il tunisino l'ha lasciato a dirigere la base per qualche tempo, poi l'italiano ha cominciato a fare di testa sua. Allora Gafsa è venuto e l'ha ammazzato».

«Lei sa con chi l'ha sostituito?».

«Con nessuno, a quanto pare».

«Allora la base è in disarmo?».

«Tutt'altro. Diciamo che non c'è un residente capo, ma dei responsabili di settore che vengono avvertiti a tempo debito di arrivi imminenti. Quando

c'è da fare un'operazione grossa, si muove personalmente Jamil Zarzis, uno dei tre luogotenenti. Fa
continuamente avanti e indietro tra la Sicilia e la laguna di Korba, in Tunisia, dove Gafsa ha il suo
quartier generale».

«Lei mi ha detto una gran quantità di nomi di tuni-
sini e non mi ha invece fatto il nome dell'italiano ammazzato da Gafsa».

«Non lo so, non sono riuscito a saperlo. So però come lo chiamavano gli uomini di Gafsa. Un sopranno-
me privo di significato».

«Qual era?».

«Il morto. Lo chiamavano così da vivo. Non è assurdo?».

Assurdo?! Di scatto Montalbano si susì, ittò la testa narrè e nitrì. Un nitrito piuttosto forte, in tutto simile a quello che fa un cavallo quanno gli girano i cabasisi. Solo che al commissario i cabasisi non gli gira-
vano, anzi. Tutto gli era addivintato chiaro, le parallele avevano finito per convergere. Intanto, atterrito,
il mazzo di giaggioli era sciddricato dalla seggia, stava
dirigendosi verso la porta. Montalbano gli corse appresso, lo placcò.

«Dove va?».

«Vado a chiamare qualcuno, lei si sente male» bal-
bettarono i giaggioli.

Il commissario fece un ampio e rassicurante sorriso.

«Ma no, ma no, non è niente, sono piccoli disturbi
come l'impallidimento di poco fa... Ne soffro da tempo, non è grave».

«Non si potrebbe aprire la porta? Mi manca l'aria».

Era una scusa, chiaramente il giornalista voleva assicurarsi una via di fuitina.

«Va bene, gliela apro».

Tanticchia rassicurato, Sozio Melato tornò ad assittarsi. Ma si vidiva che era ancora nirbùso. Si era messo in pizzo sulla seggia, pronto a scappare. Di sicuro stava a spiarsi se quello era il commissariato di Vigàta o il superstite manicomio provinciale. E più d'ogni altra cosa forse lo squietava il sorriso amorevole che gli indirizzava Montalbano mentre lo taliava. E difatti il commissario era in quel momento sommerso da un'ondata di gratitudine verso quell'omo che pareva un clown e invece non lo era. Come sdebitarsi?

«Signor Melato, non ho capito bene i suoi spostamenti. Lei è venuto a Vigàta appositamente per parlare con me?».

«Sì. Purtroppo devo tornare subito a Trieste. Mamma non sta bene e io le manco. Siamo… siamo molto legati».

«Potrebbe trattenersi ancora due o tre giorni al massimo?».

«Perché?».

«Credo di poterle far avere, di prima mano, notizie interessanti».

Sozio Melato lo considerò a lungo, gli occhietti quasi scomparsi darrè le palpebre calate. Doppo s'arrisolvette a parlare.

«Lei mi ha detto, all'inizio del nostro colloquio, che non sapeva niente di questa storia».

«È vero».

«Ma se non ne sapeva niente, come fa, ora, a sostenere che è in grado in pochissimo tempo di...».

«Non le ho mentito, mi creda. Lei mi ha riferito cose che prima non sapevo, ma ho l'impressione che abbiano messo sulla giusta carreggiata un'inchiesta che sto conducendo».

«Beh... Io sono sceso al Regina di Montelusa. Altri due giorni credo di poter restare».

«Molto bene. Potrebbe descrivermi il luogotenente di Gafsa, quello che spesso viene qua... Come si chiama?».

«Jamil Zarzis. È un quarantenne basso, tarchiato... almeno così mi hanno detto... ah, sì, è quasi del tutto sdentato».

«Beh, se intanto si è fatto persuadere da un dentista, siamo fottuti» commentò il commissario.

Sozio Melato allargò le braccine, a significare che più di tanto non sapeva dire su Jamil Zarzis.

«Senta, lei mi ha detto che Gafsa provvede personalmente a eliminare i suoi avversari. È così?».

«È così».

«Una botta di kalashnikov e via oppure...».

«No, è un sadico. Trova sempre modi diversi. Mi hanno riferito che a uno l'ha appeso a testa in giù fino a quando è morto, a un altro l'ha letteralmente arrostito sulla brace, a un terzo ha legato i polsi e le caviglie con del fil di ferro e l'ha fatto lentamente annegare nella laguna, un quarto è stato...».

Il commissario si susì, Sozio Melato s'azzittì, preoccupato.

«Che c'è?» fece, pronto a satare dalla seggia e a mettersi a curriri.

«Mi consente di nitrire ancora?» gli spiò, cortesissimo, Montalbano.

Quindici

«Chi è quel tipo?» spiò Mimì taliando a Sozio Melato che s'allontanava nel corridoio.

«Un angelo» arrispunnì Montalbano.

«Ma via! Vistuto accussì?».

«Perché, secondo tia gli angeli devono sempre vestire come quelli di Melozzo da Forlì? Non hai mai visto quella pellicola di Frank Capra che si chiama... aspetta...».

«Lasciamo perdere» fece Mimì che era evidentemente nirbùso. «Ti voglio dire che Tommaseo ha telefonato, io ho risposto che ci saremmo occupati della facenna, ma lui non ha voluto darci l'autorizzazione a perquisire la villa e manco ha voluto far mettere sotto controllo il telefono di Marzilla. Quindi tutta la recita che hai organizzato non è servita a un cazzo».

«Pazienza, faremo da soli. Ma mi spieghi pirchì sei d'umore malo?».

«Lo vuoi sapiri?» sbottò Augello. «È perché ho sentito la telefonata che Beba ha fatto al pm Tommaseo e alle domande che quel porco le rivolgeva. Stavo con l'orecchio incollato a quello di Beba. Quando lei ha finito di contare quello che aveva visto, lui ha cominciato a spiare: "lei era sola in macchina?". E Beba, con un certo impaccio: "no, col mio ragazzo". E lui: "che facevate?". E Beba, fingendosi ancora più impacciata: "Beh, sa...". E il porco: "facevate l'amore?". Beba, con un filo di voce: "Sì...". E lui: "Rapporto completo?". Qui Beba ha avuto un attimo d'esitazione e il maiale le ha spiegato che erano dati che doveva conoscere per chiarire il quadro della situazione. E allora lei non si è fermata più. Ci ha pigliato gusto. Non ti dico i particolari che ha saputo tirare fuori! E più cose diceva, più quel maiale s'incaniava! Voleva che Beba andasse di persona in procura! Voliva sapiri come si chiamava e com'era fatta. A fartela breve, quando ha riattaccato, è finita a sciarra tra noi due. Ma io mi domando e dico: dove è andata a trovare certi dettagli?».

«Ma dai, Mimì, non fare il picciliddro! Che fai, sei diventato giluso?».

Mimì lo taliò a longo.

«Sì» disse.

E niscì.

«Mandami Catarella!» gli gridò appresso il commissario.

«Ai comandi, dottori!» fece Catarella materializzandosi istantaneamente.

«Mi pare di ricordare che tu m'hai detto che vai spesso a trovare tuo fratello che ha una casa vicino a capo Russello».

«Sissi, dottori. In contrata Lampisa».

«Bene. Mi spieghi come si fa ad arrivarci?».

«Dottori, e che di bisogno ce n'è di spieco? Ci faccio io di pirsona l'accompagnamento!».

«Grazie, ma è una facenna che mi devo sbrogliare da solo, non te la prendere. Allora, me lo spieghi?».

«Sissi. Vossia piglia la strata per Montereale e la passa. Prosecue per una tri chilometri e a mano mancina vede una fleccia che c'è scritto capo Russello».

«Piglio questa?».

«Nonsi. Prosecue. Sempre a mano mancina trova un'altra fleccia che dice Punta rossa».

«La piglio?».

«Nonsi. Prosecue. Appresso veni una fleccia che dice Lampisa. E questa la piglia».

«Va bene, grazie».

«Dottori, quella fleccia che dice Lampisa dice Lampisa tanto per dire. Di arrivari a Lampisa non se ne parla se uno secue solamenti quella fleccia».

«Allora che devo fare?».

«Quanno che ha pigliato la strata per Lampisa, fatta un cinquecento metri a mano dritta si dovrebbi attrovare davanti a un granni cancello di ferro abbattuto che una vota c'era e ora comu ora non c'è più».

«E come faccio a vedere un cancello che non c'è?».

«Facili, dottori. Pirchì da indovi che c'era il cancello si partono due filere di guercie. Quella era la proprietà del barone Vella, ora è proprietà di nisciuno. Quanno arriva in funno in funno al viale, che davanti si viene a trovare la villa sdirrupata del barone Vella, gira ranto ranto all'ultima guercia a mancina. E a tricento metri scarsi si trova in contrata Lampisa».

«Questa è l'unica strada per arrivarci?».

«A secunno».

«A seconda di che?».

«Se ci deve andari a pedi o se ci deve andari in machina».

«In macchina».

«Allura l'unica è, dottori».

«Il mare quanto è distante?».

«Manco a cento metri, dottori».

Mangiare o non mangiare? Questo era il problema: era più saggio sopportare le fitte di un pititto vrigognoso oppure futtirisinni e andarsi a riempire la panza da Enzo? Il dilemma scespiriano gli si pose quanno, taliato il ralogio, s'addunò che si erano fatte quasi le otto. Se cedeva alla fame, avrebbe avuto un'orata assai scarsa da dedicare alla cena: il che veniva a significare che avrebbe dovuto dare ai suoi movimenti mangiatori un ritmo alla Charlot di «Tempi moderni». Ora una cosa era certa e cioè che mangiare di prescia non era mangiare, massimo massimo era nutrirsi. Differenza sostanziale, pirchì lui della necessità di nutrirsi come un armàlo o un àrbolo non ne sentiva in quel momento il bisogno. Lui aveva gana di mangiare godendo vuccuni appresso vuccuni e impiegandoci tutto il tempo che ci voleva. No, non era cosa. E, per non cadere in tentazione, una volta arrivato a Marinella non raprì né il forno né il frigorifero. Si spogliò nudo e se ne andò sotto la doccia. Doppo si rivestì con un paro di jeans e una cammisa da cacciatori canadisi di orsi. Pinsò che non sapiva come sarebbero andate le cose e gli venne un dubbio: armarsi o non armarsi? Forse la meglio era portarsi appresso la pistola. Allora sciglì un giubbotto marrone di pelle che aviva una sacchetta interna assai capace e se lo mise. Non voleva scuitare Ingrid facendole vedere che andava a pigliare l'arma, meglio farlo subito. Niscì, andò alla machina, raprì il cruscotto, pigliò la pistola, l'infilò nella sacchetta del giubbotto, si calò a richiudere il cruscotto, l'arma sciddricò fora dalla sacchetta, cadì sul pavimento della machina, Montalbano santiò, si mise ginucchiuni pirchì la pistola era andata a finire sutta al sedile, la ricuperò, chiuì la machina, ritrasì in casa. Col giubbotto sintiva cavudo, se lo levò e lo posò sul tavolino della càmmara di mangiari. Stabilì che una telefonata a Livia ci stava bene. Sollevò la cornetta, compose il numero, sentì il primo squillo e contemporaneamente sonarono alla porta. Aprire o non aprire? Attaccò la cornetta, andò a raprire. Era Ingrid, leggermente in anticipo. Più bella del solito, se questo era possibile. Vasarla o non vasarla? Il dilemma venne risolto dalla svidisa che lo vasò.

«Come stai?».

«Mi sento tanticchia amletico».

«Non ho capito».

«Lascia perdere. Sei venuta con la macchina di tuo marito?».

«Sì».

«Cos'è?».

Domanda del tutto accademica: Montalbano non ci capiva un'amata minchia di marche d'automobili. E macari di motori.

«Una BMW 320».

«Di che colore?».

Questa domanda invece era interessata: conoscendo la stronzaggine del marito di Ingrid, capace che quello si era fatto pittare la carrozzeria a strisce rosse, verdi e gialle con palline blu.

«Grigio scuro».

Meno male: c'era qualche possibilità di non essere individuati e sparati a prima botta.

«Hai cenato?» spiò la svidisa.

«No. E tu?».

«Nemmeno io. Se resta tempo, dopo potremmo... A proposito, che cosa dobbiamo fare?».

«Te lo spiegherò strada facendo».

Squillò il telefono. Era Marzilla.

«Commissario, la macchina che mi hanno portato è una Jaguar. Tra cinque minuti nescio da casa» comunicò con la voce che gli trimava.

E riattaccò.

«Se sei pronta, possiamo andare» disse Montalbano.

Con un gesto disinvolto agguantò il giubbotto, senza addunarsi che l'aviva pigliato arriversa. Naturalmente la pistola sciddricò dalla sacchetta e cadì 'n terra. Ingrid fece un salto narrè, scantata.

«Hai intenzioni serie?» spiò.

Seguendo le istruzioni di Catarella, non sbagliarono una strata. Doppo una mezzorata ch'erano partiti da Marinella, mezzorata che servì a Montalbano per istruire a Ingrid, arrivarono davanti al viale delle querce. Lo percorsero e alla fine, alla luce dei fari, scorsero i ruderi di una grossa villa.

«Vai dritto, non seguire la strada e non girare a sinistra. Andiamo a nascondere la macchina dietro la villa» fece Montalbano.

Ingrid eseguì. Darrè la villa c'era campagna aperta e disolata. La svidisa astutò i fari, scinnero. La luna faciva jorno, il silenzio era tanto da pigliare scanto, manco i cani abbaiavano.

«E ora?» spiò Ingrid.

«Ora lasciamo la macchina qua e ce ne andiamo in un posto da dove si vede il viale. Così possiamo controllare le auto che passano».

«Ma quali auto?» disse Ingrid. «Qui non passano nemmeno i grilli».

Si avviarono.

«Ad ogni modo, possiamo fare come nei film» fece la svidisa.

«E come fanno?».

«Dai, Salvo, non lo sai? I due poliziotti, lui e lei, che devono fare un appostamento, si fingono innamorati. Stanno abbracciati, si baciano e intanto sorvegliano».

Ora erano arrivati davanti ai ruderi della villa, a una trentina di metri dalla quercia dove la strata girava per contrata Lampisa. Si assittarono sui resti di un muro, Montalbano si addrumò una sigaretta. Ma non fece a tempo a finirla. Una macchina aveva imboccato il viale, procedeva lenta, forse chi era alla guida non conosceva la strata. Di scatto, Ingrid si susì, pruì la mano al commissario, lo tirò addritta, gli si avvinghiò. La macchina veniva avanti lentissima. Per Montalbano fu come trasire tutt'intero all'interno di un àrbolo di albicocche, il profumo lo stordì, gli rimescolò il rimescolabile. Ingrid lo teneva stritto stritto. A un tratto gli murmuriò all'orecchio:

«Sento qualcosa che si muove».

«Dove?» spiò Montalbano che stava con il mento appuiato sulla spalla di lei, il naso annegato tra i suoi capelli.

«Tra te e me, in basso» disse Ingrid.

Montalbano si sentì arrussicare, tentò di tirare narrè il bacino, ma la svidisa gli si spalmò contro.

«Non essere scemo».

Per un istante i fari della macchina li pigliarono in pieno, doppo girarono a mancina dell'ultima quercia, scomparsero.

«Era la tua auto, una Jaguar» disse Ingrid.

Montalbano ringraziò il Signuruzzu che Marzilla fosse arrivato al tempo debito. Non ce l'avrebbe fatta a resistere un minuto di più. Si staccò dalla svidisa, aviva il sciato grosso.

Non fu un inseguimento pirchì mai Marzilla e gli altri due che occupavano la Jaguar ebbero la sensazione che ci fosse una macchina che li seguiva. Ingrid era un pilota eccezionale, fino a quando non furono sulla provinciale per Vigàta, guidò a fari astutati aiutata dal chiarìo della luna. Li addrumò solo sulla provinciale pirchì poteva benissimo ammucciarsi nel traficu. Marzilla andava spedito, non velocissimo, e il pedinamento veniva facilitato. In fondo in fondo di questo infatti si stava trattando, di un pedinamento a motore. La Jaguar di Marzilla pigliò la strata per Montelusa.

«Mi pare di star facendo una noiosa passeggiata» disse Ingrid.

Montalbano non arrispunnì.

«Perché ti sei portato appresso la pistola?» insisté la svidisa. «Non ti sta servendo molto».

«Sei delusa?» spiò il commissario.

«Sì, speravo in qualcosa di più eccitante».

«Beh, ancora non è detto che non capiti, consolati».

Passata Montelusa, la Jaguar pigliò la strata per Montechiaro.

Ingrid sbadigliò.

«Uffa. Quasi quasi mi faccio scoprire che li sto seguendo».

«E perché?».

«Per movimentare la situazione».

«Ma non fare la stronza!».

La Jaguar passò Montechiaro e pigliò la strata che portava verso la costa.

«Guida un po' tu» fece Ingrid. «Io mi sono stufata».

«No».

«Perché?».

«Prima di tutto, perché tra poco la strada non sarà più frequentata da altre macchine e dovrai spegnere i fari per non farti notare. E io non so guidare al lume di luna».

«E poi?».

«E poi perché tu questa strada, soprattutto di notte, la conosci assai meglio di me».

Ingrid si voltò per un attimo a taliarlo.

«Tu lo sai dove stanno andando?».

«Sì».

«Dove?».

«Alla villa del tuo ex amico Ninì Lococo, come si faceva chiamare».

La BMW sbandò, arrischiò d'andari a finiri in aperta campagna, Ingrid riagguantò subito la situazione. Non disse niente. Arrivati a Spigonella, invece di pigliare la strata che il commissario conosceva, Ingrid girò a mano dritta.

«Non è questa la...».

«Lo so benissimo» disse Ingrid. «Ma qui non possiamo andare appresso alla Jaguar. C'è una sola via che va al promontorio e quindi alla casa. Ci scoprirebbero, sicuramente».

«E allora?».

«Ti sto portando in un posto dal quale è possibile vedere la facciata della villa. E arriveremo un po' prima di loro».

Ingrid fermò la BMW proprio sull'orlo dello sbalanco, darrè a una specie di bungalow in stile moresco.

«Scendiamo. Da qui non possono scorgere la nostra macchina, mentre noi possiamo benissimo vedere quello che fanno loro».

Girarono torno torno al bungalow. A mano mancina si vedeva benissimo il promontorio con la stratina privata che portava alla villa. Doppo manco un minuto arrivò la Jaguar che si fermò davanti al cancello chiuso. Si sentirono due colpi brevissimi di clacson seguiti da uno lungo. Allora la porta del piano terra si raprì, controluce si vitti l'ùmmira di omo che andava a spalancare il cancello. La Jaguar trasì, l'omo tornò indietro lasciando il cancello aperto.

«Andiamo via» disse Montalbano. «Qua non c'è più niente da vedere».

Rimontarono in macchina.

«Ora metti in moto» fece il commissario «e a fari spenti andiamo a... Ti ricordi che all'inizio di Spigonella c'è una villetta a due piani bianca e rossa?».

«Sì».

«Bene, ci appostiamo lì. Per tornare verso Montechiaro bisogna per forza passarci davanti».

«E chi è che deve passarci davanti?».

«La Jaguar».

Ingrid ebbe appena il tempo di arrivare alla villetta bianca e rossa e fermare che, velocissima, sopravvenne la Jaguar, proseguì sbandando.

Evidentemente Marzilla voleva mettere la maggiore distanza possibile tra sé e gli òmini che aviva accompagnato.

«Che faccio?» spiò Ingrid.

«Qui si parrà la tua nobilitate» disse Montalbano.

«Non ho capito. Vuoi ripetere?».

«Valle dietro. Adopera il clacson, gli abbaglianti, incòllati all'altra macchina, fingi di speronarla. Devi terrorizzare l'uomo che è alla guida».

«Lascia fare a me» disse Ingrid.

Per un poco proseguì a fari spenti e a distanza di sicurezza, poi, appena la Jaguar scomparse darrè una curva, accelerò, addrumò tutti i fari possibili e immaginabili, superò la curva e si mise a sonare il clacson alla disperata.

Vedendo sopraggiungere quel siluro improvviso, Marzilla dovette atterrire.

La Jaguar prima zigzagò, doppo si buttò tutta a dritta e lasciò strata, credendo che l'altra macchina volesse superarlo. Ma Ingrid non lo superò. Quasi incollata alla Jaguar, ora addrumava e astutava gli abbaglianti, senza finire di sonare il clacson. Disperato, Marzilla accelerò, ma la strata non gli permetteva di correre più di tanto. Ingrid non lo mollava, la sua BMW pareva un cane arraggiato.

«E adesso?».

«Quando ti è possibile lo sorpassi, fai una curva a U e ti fermi in mezzo alla strada con gli abbaglianti accesi».

«Posso farlo anche ora. Mettiti la cintura».

La BMW fece un balzo, latrò, sorpassò, proseguì, si bloccò, sbandò e si girò su se stessa sfruttando la sbandata. A pochissimi metri macari la Jaguar si fermò, illuminata in pieno. Montalbano cavò la pistola, mise il vrazzo fora del finestrino, sparò un colpo in aria.

«Astuta i fari e scinni mani in alto!» gridò raprendo a mezzo la portiera.

I fari della Jaguar s'astutarono e appresso apparse Marzilla con le mano isate. Montalbano non si cataminò. Marzilla cimiava, pariva un àrbolo agitato dal vento.

«Si sta pisciando addosso» notò Ingrid.

Montalbano restò immobile. Lentamente, grosse lagrime pigliarono a scorrere sulla faccia dell'infirmere. Doppo fece un passo avanti, strascinando i pedi.

«Pi carità!».

Montalbano non arrispunnì.

«Pi carità, don Pepè! Chi voli di mia? Iu fici chiddru ca vossia vulìa!».

E Montalbano che non si cataminava! Marzilla cadì agginucchiuni, le mano stritte a prighera.

«Nun m'ammazzassi! Nun m'ammazzassi, signor Aguglia!».

E quindi l'usuraio, quello che gli telefonava dandogli ordini, era don Pepè Aguglia, noto costruttore edile. Non c'era stato bisogno d'intercettazioni per scoprirlo. Ora Marzilla stava rannicchiato, la fronti appuiata 'n terra, le mano a cummigliarsi la testa. Montalbano finalmente s'addecisi a scinniri dalla machina, lentissimo. L'infirmere lo sentì avvicinarsi e si rannicchiò ancora di più, singhiozzando.

«Talìami, strunzo».

«No, no!».

«Talìami!» ripeté Montalbano dandogli un cavucio tale nelle costole che il corpo di Marzilla venne prima sollevato in aria e doppo ricadì a panza all'aria. Ma ancora teneva l'occhi disperatamente inserrati.

«Montalbano sono. Talìami!».

Ci mise tempo Marzilla a capire che chi gli stava davanti non era don Pepè Aguglia, ma il commissario. Si susì a mezzo, restando appuiato con una mano 'n terra. Doveva essersi muzzicato la lingua, pirchì dalla vucca gli nisciva tanticchia di sangue. Faciva feto. Non solo si era pisciato, si era macari cacato.

«Ah... vossia è? Pirchì m'assicutò?» spiò maravigliato Marzilla.

«Io?!» fece Montalbano candido come un agniddruzzo. «Equivoco fu. Io vuliva che tu ti fermassi, ma tu invece ti sei messo a curriri! E iu allura pinsai che avivi intinzioni tinte».

«Chi... chi voli di mia?».

«Dimmi come parlavano i due che hai portato alla villa».

«Arabo, mi parse».

«Chi ti indicò le strate che dovevi pigliare e dove dovevi andare?».

«Sempri uno fu».

«Ti è parso che ci fosse già stato da queste parti?».

«Sissi».

«Me li sapresti descrivere?».

«Solo uno, quello che mi parlava. Era completamente senza denti».

Jamil Zarzis, il luogotenente di Gafsa, era dunque arrivato.

«Hai un telefonino?».

«Sissi. È nel sedile della macchina».

«Ti ha chiamato o hai chiamato qualcuno dopo che lasciasti i due?».

«Nonsi».

Montalbano s'avvicinò alla Jaguar, pigliò il telefonino e se lo mise in sacchetta. Marzilla non sciatò.

«Ora rimonta in macchina e tornatene a casa».

Marzilla tentò di susirisi, ma non ce la fece.

«T'aiuto io» disse il commissario.

L'agguantò per i capelli e con uno strappo lo mise addritta mentre l'omo faciva voci per il dolore. Poi con un cavucio violento nelle reni lo catafotté dintra la Jaguar. Cinco minuti boni ci mise Marzilla a partire, tanto gli trimavano le mano. Montalbano aspittò che le lucette rosse scomparissero per tornare ad assittarsi allato a Ingrid.

«Non sapevo che saresti stato capace di…» fece Ingrid.

«Di?…».

«Non so come dire. Di… tutta questa cattiveria».

«Nemmeno io» disse Montalbano.

«Ma che ha fatto?».

«Ha fatto… un'iniezione a un bambino che non voleva» non trovò di meglio da dire.

Ingrid lo taliò completamente pigliata dai turchi.

«E tu ti vendichi su di lui della paura delle iniezioni che avevi quando eri bambino?».

Psicoanalisi per psicoanalisi, Ingrid non poteva sapiri che malotrattando Marzilla in realtà lui voleva malotrattare se stesso.

«Metti in moto, và» disse il commissario. «Riaccompagnami a Marinella. Mi sento stanco».

Sedici

Era una farfantaria, di stanchizza non ne pativa, anzi si sintiva smanioso di principiare a fare quello che aviva in testa. Ma necessitava liberarsi prima possibile di Ingrid, non poteva perdere un minuto. Liquitò la svidisa senza tradire la prescia, le fece tanti ringraziamenti e baci e le promise che si sarebbero rivisti il sabato che veniva. Appena solo in casa a Marinella il commissario parse trasformarsi nel protagonista di un film comico a tempi accelerati, addivintò un furgaroni che zigzagava càmmare càmmare in una ricerca disperata: dove minchia era andata a finire la muta che aveva indossato l'ultima volta quanno era dovuto calare in mare alla cerca della machina del ragioniere Gargano, almeno due anni avanti? Mise la casa suttasupra e finalmenti l'attrovò in un cascione interno dell'armuàr, debitamente incartata nel cellophan. Ma la ricerca che lo fici veramenti incaniare fu quella di un fodero di pistola, praticamente mai usato, che puro doviva esserci da qualche parte. E infatti vinni fora che stava in bagno dintra alla scarpiera sutta a un paro di pantofole che non gli era mai passato per la testa di mettere. Sistemarlo lì doviva essere stata un'alzata d'ingegno d'Adelina. La casa ora pareva essere stata perquisita da una maniata di lanzichenecchi avvinazzati. L'indomani matina avrebbe fatto meglio a non incontrarsi con la cammarera Adelina che sarebbe stata di umore malo a dover rimettere tutto in ordine.

Si spogliò, indossò la muta, fece scorrere il passante del fodero nella cintura, si rimise solamente i jeans e il giubbotto. Gli venne di trovarsi davanti a uno specchio e di taliarsi: prima gli acchianò una risata, doppo s'affruntò di se stesso, pariva truccato e vistuto per una pellicola. E che era, cannalivari?

«Mi chiamo Bond. James Bond» disse alla sua immagine.

Si racconsolò pinsando che a quell'ora non avrebbe incontrato nisciuno di sua canoscenza. Mise la cafittera sul foco e quanno il cafè passò si scolò tri tazze una appresso all'altra. Prima di nesciri, taliò il ralogio. A occhio, per le dù di notte sarebbe stato nuovamente a Spigonella.

Era talmente lucido e determinato che a primo colpo inzertò la strata che aviva pigliato Ingrid per portarlo al punto da indovi si vidiva la facciata della villa. L'ultimo centinaro di metri lo fece a fari astutati, l'unico scanto che aviva era quello di andare a catafottersi con la machina in mare. Arrivato darrè il bungalow in stile moresco che stava proprio in pizzo allo sbalanco, fermò, pigliò il binocolo, scinnì. Si sporgì a taliare. Dalle finestre non passava luce, la villa pareva disabitata. Eppure dintra c'erano almeno tri òmini. Cautamente, strisciando 'n terra i pedi come fanno quelli che ci vidino picca, avanzò fino all'orlo dello sbalanco e taliò sutta. Non si vidiva nenti, si sintiva invece il mare che ora era tanticchia agitato. Col binocolo si sforzò di capiri se c'era movimento nel porticciolo della villa, ma a malappena si distinguevano le masse più scurose degli scogli.

A mano dritta, a una decina di metri, si partiva una scala stritta e ripida scavata nella parete che a farla con la luce del jorno sarebbe stata un'imprisa da alpino, figurarsi di notte funna. Ma non c'era da scegliere, non aviva altra strata per scinniri fino a riva. Tornò allato alla machina, si sfilò i jeans e il giubbotto dal quale levò la pistola, raprì la portiera, ci mise dintra la roba, agguantò la torcia impermeabile, pigliò le chiavi dal cruscotto, richiuse la portiera senza fare rumorata, ammucciò le chiavi forzandole sutta la rota posteriore destra. La pistola se l'infilò nel fodero della cintura, il binocolo se lo mise a tracolla, la torcia se la tenne in mano. Fermo sul primo graduni, volle farsi capace di com'era fatta la scala. Addrumò per un attimo la torcia e taliò. Si sentì sudare dintra la muta: i graduna se ne calavano abbascio quasi in verticale.

Addrumando e astutando rapidissimamente di tanto in tanto la torcia per vidiri se il suo pedi avrebbe toccato tirreno solido o se invece avrebbe incontrato il nenti, il vacante, santiando, esitando, variando, sciddricando, affirrandosi a qualche radice che sporgeva dalla parete, rimpiangendo di non essere uno stambecco,

un capriolo e macari una lucertola, come 'u Signuruzzu volle a un certo momento sentì sutta le piante dei
pedi la rena frisca. Era arrivato.

Si stinnicchiò a panza all'aria col sciato grosso a taliare le stiddre. E stette un pezzo accussì, sino a quanno il mantice che aviva al posto dei polmoni lentamente
scomparse. Si susì addritta. Taliò col binocolo e gli parse di capire che le masse scurose degli scogli che in-
terrompevano la spiaggia e che costituivano il porticciolo della villa si trovavano a una cinquantina di metri. Principiò a caminare, curvo, tenendosi ranto ranto alla parete. Ogni tanto si fermava, le orecchie ap-
pizzate, l'occhi aperti al massimo. Nenti, silenzio assoluto, tutto era fermo a parte il mare.

Arrivato quasi a ridosso degli scogli, isò l'occhi: della villa si vidiva solamente una specie di cancellatura
rettangolare nello stellato, e cioè la latata di sutta della parte più sporgente del granni terrazzo. Ora per via
terra non poteva andare avanti. Posò il binocolo sulla
rena, agganciò la torcia impermeabile alla cintura, diede un passo e si trovò in acqua. Non s'aspittava che
fosse accussì funnuta, di subito gli arrivò al petto. Ra-
gionò che non poteva essere un fatto naturale, certamente avivano scavato la rena e ottenuto una sorta di
fossato, in modo da aggiungere un altro ostacolo a chi,
venendo dalla spiaggia, avesse avuto gana d'arrampicarsi sugli scogli. Si mise a natare a rana alla fimminina, lento, senza fare il minimo scarmazzo, seguendo la
curvatura di quel braccio del porticciolo: l'acqua era fridda e via via che s'avvicinava all'imboccatura le onde si

facevano sempre più consistenti e rischiavano di mandarlo a farsi friccicare contro qualche spunzone. Non essendoci più la nicissità di natare a rana, pirchì oramà qualisisiasi rumorata che avrebbe potuto fare si sarebbe confusa con quella del mare, in quattro bracciate raggiunse l'ultimo scoglio, quello che delimitava l'imboccatura. Vi si appoggiò con la mano mancina per pigliare tanticchia di sciato e a un'ondata più forte delle altre i suoi pedi andarono a sbattere contro una piccolissima piattaforma naturale. Ci acchianò supra, tenendosi con le due mano alla roccia. A ogni ondata rischiava di sciddricare, trascinato dal risucchio. Era una posizione perigliosa, ma prima di andare avanti doviva rendersi conto di alcune cose.

Secondo il ricordo delle immagini della ripresa, l'altro scoglio che delimitava l'imboccatura doviva essiri situato più addintra verso la riva pirchì il secondo braccio disegnava un gran punto interrogativo il cui ricciolo superiore terminava appunto con quello scoglio. Sporgendo la testa di lato, ne vitti l'ùmmira. Stette per un pezzo a taliare, voliva essere certo che dall'altra parte non ci fosse nisciuno a fare la guardia. Quanno ne fu sicuro, spostò i pedi centimetro appresso centimetro fino al limite della piattaforma e dovette ancora squilibrarsi tutto a dritta pirchì la sò mano fosse in grado di tastiare alla cieca alla cerca di qualcosa di metallico, il faretto che era arrinisciuto a scorgere nell'ingrandimento fotografico. Ci mise chissà di cinco minuti a trovarlo, era allocato più in alto di quanto gli era parso nella foto. Ci passò, per prudenza, la mano davanti diverse volte. Non sentì nessun allarme sonare lontano, non era una cellula fotoelettrica, era proprio un faretto in quel momento astutato. Aspittò ancora tanticchia una qualisisiasi reazione e doppo, visto che non capitava nenti di nenti, si ributtò in acqua. Girato mezzo scoglio, di subito le sò mano incontrarono la sbarra di ferro che serviva a impedire l'arrivo a sorpresa nel porticciolo. Sempre tastiando, si fece capace che la sbarra scorreva lungo una guida verticale metallica e che tutta la manopera doviva essere comandata elettricamente dall'interno della villa.

Ora non gli restava altro da fare che trasire dintra. Si afferrò alla sbarra per sollevarsi al di sopra di essa e scavalcarla. Aveva già il pedi mancino passato al di là quanno la cosa capitò. La cosa, pirchì Montalbano non seppe rendersi conto di che si trattava. La fitta in mezzo al petto fu accussì improvvisa, lacerante, dulurusa e longa che il commissario, ricadendo a cavaddro della sbarra, ebbe la certezza che qualichiduno gli avesse sparato con un fucile da sub, centrandolo. E mentri pinsava a questo, contemporaneamente era cosciente che non si trattava della pinsata giusta. Si muzzicò le labbra pirchì gli vinni di fare un urlo dispirato che macari macari gli avrebbe dato tanticchia di sollievo. E subito doppo si rese conto che quella fitta non viniva dall'esterno, come già oscuramente sapeva, ma dall'interno, da dintra il suo corpo indovi qualichi cosa si era rumputa o era arrivata al limite di rottura. Gli venne difficoltoso assà arrinesciri a tirare un filo d'aria e farlo passare tra le labbra serrate. Di colpo, accussì com'era vinuta, la fitta scomparse, lasciandolo indolenzito e intronato, ma non scantato. La sorpresa aviva avuto la meglio sullo scanto. Fece scivolare il culo lungo la sbarra fino a quanno non arriniscì ad appuiarsi con le spalle allo scoglio. Ora il suo equilibrio non era più accussì precario, avrebbe avuto modo e tempo d'arripigliarsi dal malessere che gli aviva lasciato l'incredibile botta di duluri. Invece non ebbe né modo né tempo, la seconda fitta arrivò implacabile, più feroce della prima. Cercò di controllarsi, ma non ce la fece. E allura curvò le spalle e si mise a chiangiri a occhi chiusi, un chianto di duluri e di malincunia, non distingueva quanno gli arrivava alla vucca il sapore delle lagrime da quello delle gocce d'acqua di mare che gli calavano dai capelli e mentre il dolore diventava una specie di trapano rovente nella carne viva, litaniò dintra di sé:

«Patre mio, patre mio, patre mio...».

Litaniava a sò patre morto e senza paroli gli addumannò la grazia che qualichiduno dalla terrazza della villa finalmente s'addunasse di lui e l'astutasse con una piatosa raffica di mitra. Ma sò patre non ascutò la priera e Montalbano continuò a chiangiri fino a quanno macari stavolta il dolore scomparse, però con estrema lintizza, squasi che gli dispiacesse lasciarlo.

Ma passò tempo assà prima che egli fosse in condizione di cataminare una mano o un pedi, pareva che gli arti s'arrefutavano di ubbidire agli ordini che il ciriveddro gli mandava. Ma l'occhi li aviva aperti o ancora chiusi? C'era più scuro di prima o aviva la vista annigliata?

Si rassignò. Doviva accettare la facenna accussì com'era. Aviva fatto una minchiata ad andare da solo, era capitata una difficoltà e ora doviva pagare le conseguenze della sua spirtizza. L'unica era d'approfittare di questi intervalli tra una fitta e l'altra per calarsi in acqua, girare attorno allo scoglio e natare lentamente verso la riva. Non era cosa di proseguire oltre, tornare era l'unica, c'era solo da rimettersi in acqua, girare appena attorno alla boa...

Pirchì aviva detto boa e no scoglio? Fu allura che dintra alla sò testa si rappresentò la scena vista alla televisione, l'orgoglioso arrefuto di quella varca a vela che invece di fare il giro di boa e tornare narrè aviva preferito testardamente continuare ad andare avanti, fino a sfracellarsi 'nzemmula alla varca dei giudici... E seppe accussì che il suo essiri fatto in un certo modo non gli concedeva nessuna possibilità di scelta. Non sarebbe mai potuto tornare indietro.

Restò una mezzorata immobile, appuiato allo scoglio, in ascolto del suo corpo, in attesa del minimo signali dell'arrivo di una nuova fitta. Non capitò più niente. E non poteva più lasciar passare altro tempo. Si calò in mare al di qua della sbarra, principiò a natare a rana pirchì l'acqua era calma, le onde non avivano forza, si rompevano prima contro la sbarra. Dirigendosi a riva, capì che si attrovava dintra a una specie di canale con le sponde di cemento, largo minimo un sei metri. E difatti, mentre ancora i sò pedi non toccavano, a mano dritta vitti il biancore della rena all'altezza della sò testa. Appoggiò le dù mano sulla sponda più vicina e si isò.

Taliò davanti a sé e strammò. Il canale non finiva sulla spiaggia, ma proseguiva ancora tagliandola in due e andava a infilarsi dintra a una grutta naturale, assolutamente invisibile a chi passava davanti al porticciolo o a chi si sporgeva dalla cima dello sbalanco. Una grotta! A qualche metro dall'ingresso, a mano dritta, si partiva una scala scavata nella parete, come quella che aveva fatto prima di scinnuta, chiusa però da un cancello. Calato in due, s'avvicinò alla trasuta della grutta, ascutò. Nessun rumore, tranne lo sciabordio dell'acqua all'interno. Si buttò panza a terra, sganciò la torcia, l'addrumò per un secondo, astutò. Immagazzinò nel ciriveddro tutto quello che il lampo di luce gli aviva consentito di vidiri e ripeté l'operazione. Incamerò altri dettagli preziosi. Alla terza addrumata e astutata, sapeva quello che c'era dintra la grutta.

In mezzo al canale, si dondolava un grosso gommone, probabilmente uno Zodiac dal motore potentissimo. A mano dritta lungo il canale correva una banchina in cemento, larga poco più di un metro: a metà di questa banchina c'era una enorme porta di ferro, chiusa. Probabilmente darrè la porta c'era la rimessa indovi tenevano il gommone quanno non serviva e molto probabilmente c'era macari una scala interna che acchianava sino alla villa. O un ascensore, và a sapiri. La grutta si capiva che era ancora più profunna, ma il gommone impediva la vista di quello che c'era appresso.

E ora? Fermarsi qua? Andare avanti?

«Trenta e dù vintotto» si disse Montalbano.

Si susì e trasì nella grutta senza addrumari la torcia. Sentì sutta i pedi il cemento della banchina, avanzò, la sò mano dritta sfiorò il ferro arruggiato della porta. Ci accostò l'orecchio, nenti, silenzio assoluto. Lo tentò con la mano e sentì che cedeva, era appena accostata. Fece una pressione leggera, ma bastò perché si aprisse per qualche centimetro. I cardini dovevano essere ben lubrificati. E se c'era qualichiduno che l'aviva sentito e l'aspittava con un kalashnikov? Pacienza. Pigliò la pistola e addrumò la torcia. Nisciuno gli sparò, nisciuno gli disse bongiorno. Era la rimessa del gommone, piena di taniche. In fondo c'era un arco scavato nella roccia e si vedevano 'na poco di graduna. La scala che portava alla villa, come aveva supposto. Astutò la torcia, richiuse la porta. Proseguì allo scuro per altri tre passi e doppo fece luce. La banchina continuava ancora per qualche metro, doppo s'interrompeva di colpo diventando una specie di belvedere pirchì la parte posteriore della grutta era tutta un ammasso di scogli di varia grannizza, una disordinata catena montuosa in miniatura sotto la volta altissima. Astutò.

Ma com'erano fatti gli scogli? C'era qualichi cosa di strammo. Mentre cercava di capire pirchì gli scogli gli erano parsi strammi, Montalbano, nello scuro e nel silenzio, percepì un rumore che lo fece agghiazzare. C'era qualichi cosa di vivente nella grutta. Era un sono strisciante, continuo, picchiettato da colpi leggeri come di ligno su ligno. E notò che l'aria che stava respirando aviva un colore giallo marcito. Squieto, addrumò nuovamente la torcia e doppo l'astutò. Ma gli era stato bastevole per vidiri che gli scogli, verdi per il lippo a livello d'acqua, cangiavano colore nella parte di supra pir-

na santa! I latri!» fece Fazio appena vitti com'erano ar-
ridotte le càmmare.

«Sono stato io, cercavo una cosa».

«La trovò?».

«Sì».

«E meno mali, masannò spurtusava le pareti!».

«Senti, Fazio, sono quasi le cinque. Ci vediamo in
commissariato passate le dieci, d'accordo?».

«D'accordo, dottore. Si riposasse».

«Voglio vedere macari il dottor Augello».

Quanno Fazio se ne fu andato, scrisse un biglietto
ad Adelina, in stampatello.

«ADELINA, NON TI SCANTARE, NON CI SONO STATI I
LADRI IN CASA. RIMETTI IN ORDINE MA SENZA FARE RU-
MORATA PERCHÉ DORMO. PREPARAMI IL MANGIARE».

Raprì la porta di casa, ci appizzò il biglietto con una pun-
tina da disegno in modo che la cammarera lo vidiva prima di trasire. Staccò il telefono, andò in bagno, si mise
sutta la doccia, s'asciucò e si stinnicchiò sul letto. La botta atroce di dibolizza era miracolosamente scomparsa,
anzi, a dire tutta la virità, si sentiva sì tanticchia stanco,
ma non più del normale. Del resto era stata una nottatazza,
non si poteva negare. Si passò una mano sul petto, come
per controllare se le due atroci fitte avessero lasciato un
qualche segno, una qualche cicatrice. Nenti, nessuna ferita, né aperta né rimarginata. Prima d'addrummiscirisi,
ebbe un ultimo pinsèro con buona pace dell'angelo custode:
ma c'era tutto questo bisogno di andare dal medico?
No – conclude – non se ne vidiva proprio la nicissità.

Diciassette

S'appresentò in commissariato alle undici, tutto al-
liffato e, se non sorridente, almeno non era di umore
ursigno. Le ore di sonno che si era fatto l'avivano addirittura ringiovanito, sentiva che tutti gli ingranaggi del
suo corpo funzionavano al meglio. Delle due terribili fitte della notti avanti e della conseguente dibolizza, manco l'ùmmira. Proprio sul portone, quasi si scontrò con
Fazio che stava niscenno e che, al vederlo, si bloccò e
lo taliò a longo. Il commissario si lasciò taliare.

«Stamatina ha una bella faccia» fu il verdetto.

«Ho cangiato fondotinta» disse Montalbano.

«No, la virità è che lei, dottore, ha sette vite come
i gatti. Torno subito».

Il commissario si piazzò davanti a Catarella.

«Come mi trovi?».

«E comi voli ca la trovi, dottori? Un dio!».

In fondo in fondo, questo tanto criticato culto della personalità non era poi accussì malvagio.

Macari Mimì Augello aviva un aspetto riposato.

«Beba ti ha lasciato dormire?».

«Sì, abbiamo passato una buona nuttata. Anzi, non
voleva che venivo in commissariato».

«E perché?».

«Desiderava essere portata a spasso dato che la jornata è accussì bella. Mischina, negli ultimi tempi non nesci più da casa».

«Eccomi qua» disse Fazio.

«Chiudi la porta che cominciamo».

«Faccio un ricapitolo generale» principiò Montalbano «macari se alcuni di questi fatti già li conoscete. Se c'è qualcosa che non vi torna, ditemelo».

Parlò per una mezzorata senza essiri mai interrotto, spiegando come Ingrid avesse riconosciuto Errera e come la parallela inchiesta personale sul picciliddro extracomunitario lentamente era confluita nell'indagine sull'annegato senza nome. E qui contò quello che a sua volta gli aviva contato il giornalista Melato. Arrivato al punto dello scanto che si era pigliato Marzilla di ritorno dall'avere portato alla villa Jamil Zarzis e un altro omo, fu lui a interrompersi e a spiare:

«Ci sono domande?».

«Sì» disse Augello «ma prima devo pregare Fazio di nesciri dalla càmmara, contare lentamente fino a dieci e poi rientrare».

Senza dire né ai né bai, Fazio si susì, niscì, chiuì la porta.

«La domanda è questa» fece Augello. «Quando la finirai di fare lo stronzo?».

«In che senso?».

«In tutti i sensi, minchia! Ma chi credi di essere, il giustiziere notturno? Il lupo solitario? Tu sei un commissario! Te lo sei scordato? Rimproveri alla polizia di non rispettare le regole e tu per primo non le rispetti! Ti fai addirittura accompagnare in un'impresa rischiosa non da uno di noi, ma da una signora svedese! Cose da pazzi! Di tutto questo tu dovevi informare i tuoi superiori o almeno tenere noi al corrente e non metterti a fare il cacciatore di taglie!».

«Ah, è per questo?».

«Non ti basta?».

«Non mi basta perché ho fatto di peggio, Mimì».

Augello spalancò la vucca, scantato.

«Di peggio?!».

«E dieci» fece Fazio comparendo.

«Ripigliamo» disse Montalbano. «Quando Ingrid bloccò la macchina di Marzilla, questi credette che si trattava di quello che gli dava gli ordini. E pensò che lo volevano liquidare, forse perché oramà sapiva troppe cose. Si pisciò addosso mentre supplicava di non essere ammazzato. Il nome che fece, senza manco rendersene conto, fu quello di don Pepè Aguglia».

«Il costruttore?» spiò Augello.

«Credo sia proprio lui» confermò Fazio. «In paìsi corre voce che presta soldi a strozzo».

«Di lui ci occuperemo da domani stesso, ma è bene che qualcuno lo tenga d'occhio già da ora. Non voglio lasciarmelo scappare».

«Ci penso io» fece Fazio. «Gli metto appresso Curreli che è bravo».

Ora veniva la parte difficile da contare, ma doviva farlo.

«Dopo che Ingrid m'ebbe accompagnato a Marinella, pensai di tornare a Spigonella per dare una taliata alla villa».

«Naturalmente da solo» fece sardonico Mimì agitandosi sulla seggia.

«Da solo sono andato e da solo sono tornato».

Questa volta ad agitarsi sulla seggia fu Fazio. Però non raprì vucca.

«Quando il dottor Augello ti ha fatto uscire dalla stanza» disse Montalbano rivolgendosi a lui «è perché non voleva farti sentire che mi diceva che sono uno stronzo. Me lo vuoi dire macari tu? Potreste fare un coretto».

«Non mi permetterei mai, dottore».

«Beh, allora, se non me lo vuoi dire, sei autorizzato a pensarlo».

Rassicurato sul silenzio e la complicità di Fazio, descrisse il porticciolo, la grutta, la porta di ferro con la scala interna. E parlò macari degli scogli coi granci che si erano spurpati il catafero di Errera.

«E questa è la parte passata» concluse. «E ora c'è da pensare a come dobbiamo muoverci. Se le notizie che ho avute da Marzilla sono giuste, stanotte ci saranno sbarchi e dato che si è scomodato Zarzis significa che arriva merce per lui. E noi dobbiamo trovarci là al momento dell'arrivo».

«D'accordo» fece Mimì «però, mentre tu sai tutto della villa, noi non sappiamo niente né della villa né del territorio circostante».

«Fatevi dare le riprese che ho fatto dal lato mare. Ce le ha Torrisi».

«Non basta. Ci vado io, vado a vedere di persona» risolvette Mimì.

«Non mi persuade» intervenne Fazio.

«Se ti vedono e si mettono in sospetto, mandiamo tutto a buttane» rincarò il commissario.

«Calmi. Ci vado con Beba che aveva gana d'aria di mare. Le faccio fare una bella passiata e intanto talìo quello che c'è da taliare. Non credo che si metteranno in allarme vedendo un omo e una fìmmina col pancione. Massimo massimo alle cinque di doppopranzo ci rivediamo qua».

«Va bene» disse Montalbano. E rivolto a Fazio:

«Guarda che voglio pronta la squatra stritta. Picca òmini, ma decisi e fidati. Gallo, Galluzzo, Imbrò, Germanà e Grasso. Augello e tu ne pigliate il comando».

«Perché, tu non ci sarai?» s'ammaravigliò Mimì.

«Ci sarò. Ma io sarò di sutta, al porticciolo. Se qualcuno tenta di scappare, lo blocco».

«La squadra la comanderà il dottor Augello perché io vengo con lei» disse secco Fazio.

Sorpreso dal tono, Mimì lo taliò.

«No» disse Montalbano.

«Dottore, guardi che...».

«No. È un fatto personale, Fazio».

Stavolta Mimì taliò Montalbano il quale taliava occhi nell'occhi Fazio che non abbassava i suoi. Pariva una scena di una pellicola di Quentin Tarantino, si puntavano l'occhi invece dei revorbari.

«Agli ordini» fece alla fine Fazio.

Per disperdere quel tanticchia di tensione che ancora c'era, Mimì Augello arrisolse una domanda:

«Come facciamo a sapere se stanotte ci saranno o non ci saranno sbarchi? Chi ce lo viene a dire?».

«Potrebbe informarsi lei col dottor Riguccio» suggerì Fazio al commissario. «In genere, verso le sei di doppopranzo alla Questura di Montelusa hanno un quadro abbastanza chiaro della situazione».

«No, a Riguccio ho già domandato troppe cose. Quello è uno sbirro vero, capace che s'insospettisce. No, forse c'è un'altra strada. La Capitaneria di porto. Lì arrivano tutte le informazioni, tanto da Lampedusa quanto dai pescherecci e dalle motovedette e loro le trasmettono alla Questura. Quello che si riesce a sapere, naturalmente, perché poi di molti sbarchi clandestini non si sa nenti di nenti. Tu ci conosci qualcuno alla Capitaneria?».

«Nonsi, dottore».

«Io sì» disse Mimì. «Fino all'anno scorso ho frequentato un sottotenente. È ancora qua, ci siamo incontrati casualmente domenica passata».

«Bene. Quando puoi andarci a parlare con questo sottotenente?».

«Questa sottotenente» corresse Mimì. E aggiunse:

«Ma non fate cattivi pinsèri. Io ci ho provato, ma non c'è stato verso. Siamo rimasti amici. Appena torno da Spigonella riaccompagno Beba a casa e la vado a trovare».

«Dottore, e di Marzilla che ne facciamo?» spiò Fazio.

«Quello ce lo cuociamo dopo Spigonella assieme al signor Aguglia».

Rapruto il frigorifero, ebbe un'amara sorpresa. Adelina gli aviva sì rimesso in ordine la casa, ma come mangiare gli aviva priparato solo mezzo pollo bollito. E che fitinzia era? Quello era un piatto da malati! Da oglio santo addirittura! E qui gli nacque un atroce sospetto e cioè che Fazio avesse comunicato alla cammarera che lui era stato male e che quindi abbisognava tenerlo leggero. Ma come aviva fatto a farglielo sapiri se il telefono era staccato? Con un piccione viaggiatore? No, quella era certamente una vendetta di Adelina, arraggiata per il disordine nel quale aveva trovato l'appartamento. Sul tavolo di cucina c'era un biglietto che non aviva notato quanno si era fatto il cafè:

«La càmmira di leto si l'arrizzeta vosia datosi che ci sta dormenno».

S'assittò sulla verandina e ingoiò il pollo lesso coll'aiuto di un intero barattolo di sottaceti. Proprio alla fine squillò il telefono. Si vede che Adelina aveva riattaccato la presa. Era Livia.

«Salvo, finalmente! Sono stata così in pensiero! Ieri sera ho telefonato una decina di volte, fino a mezzanotte. Dov'eri?».

«Scusami, ma c'era un appostamento da fare e...».

«Ti volevo dire una bella cosa».

«Cioè?».

«Domani arrivo».

«Davvero?!».

«Sì. Tanto ho fatto, tanto ho detto che mi hanno dato tre giorni».

Montalbano si sentì invadere da un'ondata di cuntintizza.

«Beh, non dici niente?».

«A che ora arrivi?».

«A mezzogiorno, a Punta Raisi».

«O vengo io o mando qualcuno a prenderti. Sono...».

«Beh? Ti costa tanto dirlo?».

«No. Sono felice».

Prima di andarsi a corcare, perché gli era venuta gana di una pennichella, dovette rimettere in ordine la càmmara di letto, altrimenti non sarebbe stato capace di chiudere occhio.

«Tu sei peggio che un uomo d'ordine» gli aviva una volta detto Livia risentita d'essere stata rimproverata di lasciare le sue cose alla sanfasò casa casa. «Perché sei anche un uomo ordinato».

Mimì Augello s'arricampò che erano le sei passate da un pezzo e appresso a lui trasì Fazio.

«Te la sei pigliata commoda, mi pare» lo rimproverò Montalbano.

«Però porto carrico».

«E cioè?».

«In primisi, queste».

E tirò fora dalla sacchetta una decina di fotografie fatte con la polaroid. In tutte c'era Beba col pancione che sorrideva e darrè di lei, da ogni angolazione possibile, la villa di Spigonella. In due o tre Beba addirittura stava appoggiata alle sbarre del cancello chiuso con una catena e un grosso catinazzo.

«Ma l'hai detto a Beba cos'eri andato a fare e chi ci sta in quella villa?».

«No. Che bisogno c'era? Accussì è venuta più naturale».

«Non s'è fatto vivo nessuno?».

«Macari stavano a sorverglierci da dintra, ma fora non è comparso nessuno. Vogliono dare l'impressione che la casa è disabitata. Lo vedi il catinazzo? È tutta apparenza, perché infilando le mano tra le sbarre si può comodamente aprire anche dall'interno».

Sciglì un'altra foto, la pruì al commissario.

«Questa è la facciata destra. C'è la scala esterna che porta al primo piano e la porta grande sutta dev'essere quella del garage. Ingrid ti ha detto se c'è una comunicazione tra il garage e il resto della casa?».

«No. Il garage è una càmmara senza aperture a parte l'entrata. Una scala interna c'è invece tra il piano terra e il primo piano, anche se Ingrid non l'ha mai vista perché vi si accede da una porta della quale Errera diceva di non avere le chiavi. E sono certo che un'altra scala collega il piano terra con la grotta».

«A occhio, il garage può contenere due macchine».

«Una c'è di sicuro. Quella che ha scrafazzato il picciliddro. A proposito, mi raccomando: quando li abbiamo presi, la macchina dev'essere esaminata dalla Scientifica. Mi ci gioco i cabasisi che persino il sangue del picciliddro ci troveranno».

«Ma secondo lei com'è andata?» spiò Fazio.

«Semplice. Il picciliddro aveva capito, non so come, di andare incontro a qualche cosa di terribile. E ha cominciato a tentare di scappare appena è sbarcato. Per colpa mia, la prima volta non ci è riuscito. L'hanno portato a Spigonella. Lì deve avere scoperto la scala interna che portava alla grotta. Sicuramente è scappato da lì. Qualcuno se ne è accorto e ha dato l'allarme. Allora Zarzis ha pigliato la macchina e l'ha cercato fino a quando non l'ha trovato».

«Ma se questo Zarzis è arrivato aieri a sira!» fece Augello.

«A quanto m'è parso di capire, Zarzis fa avanti e narrè. È sempre presente quando deve smistare la merce e pigliare i soldi. Come ora. Lui è il responsabile di queste operazioni davanti al suo capo».

«Voglio parlare degli sbarchi» fece Mimì.

«Ne ha facoltà» disse Montalbano.

L'idea di aviri Zarzis a portata di mano gli dava un senso di benessere.

«La mia amica mi ha detto che si tratta di una vera e propria emergenza. Le nostre motovedette hanno intercettato quattro imbarcazioni stracariche e malridotte dirette rispettivamente a Seccagrande, Capobianco, Manfia e Fela. Sperano solo che le imbarcazioni riescano a toccare terra prima d'affondare e non se ne parla nemmeno di trasbordi o di cambiamenti di rotta. I nostri non possono fare altro che stargli appresso, pronti a raccogliere i naufraghi se dovesse capitare qualche disgrazia».

«Ho capito» disse pinsoso Montalbano.

«Che cosa hai capito?» spiò Mimì.

«Che questi quattro sbarchi sono stati organizzati in modo di essere un diversivo. Seccagrande e Capobianco si trovano a ovest della zona Vigàta-Spigonella, mentre Manfia e Fela sono a est. Il mare davanti al tratto Vigàta-Spigonella è dunque momenteameneo privo di sorveglianza, le coste macari. Un peschereccio che conosce l'esistenza di questo corridoio momentaneo può arrivare fino a sotto la nostra costa senza essere visto».

«E allora?».

«E allora, caro Mimì, viene a dire che Zarzis andrà a rilevare il suo carico in mare, col gommone. Non so se vi ho detto che al primo piano della villa c'è una ricetrasmittente, con quella possono tenersi continuamente in contatto e incontrarsi al punto giusto. La tua sottotenente...».

«Non è mia».

«... ti ha detto verso che ora sono previsti gli sbarchi?».

«Verso la mezzanotte».

«Allora bisogna che voi e la squatra siete pronti a Spigonella al massimo alle dieci. Si farà accussì. Su due scogli all'imboccatura del porticciolo della villa ci sono due faretti. Verranno addrumati al momento nel quale il gommone dovrà uscire e saranno riaccesi al ritorno. Questi faretti, e macari la sbarra mobile, credo che sono manovrati dal terzo omo, il guardiano della villa. Voi dovrete agire di fino e cioè neutralizzare il guardiano solo dopo, ripeto dopo, che ha addrumato i faretti per il rientro del gommone. Avrete a disposizione pochissimo tempo. Quindi aspetterete che Zarzis e il suo aiutante entrino in casa e li piglierete di sorpresa. Ma attenzione: quelli hanno con loro dei picciliddri e sono capaci di tutto. Ora mettetevi d'accordo voi due. Vi saluto e figli mascoli».

«E tu dove vai?» spiò Augello.

«Passo un momento da Marinella e poi vengo a Spigonella. Ma ripeto: voi travagliate per i fatti vostri e io per i fatti miei».

Niscì dalla càmmara e passando davanti a Catarella gli spiò:

«Catarè, sai se Torretta ha una tronchese e un paro di stivaloni di gomma alti, di quelli che arrivano a mezza coscia?».

L'aviva. Tronchese e gambali.

A Marinella si parò con un maglione nìvuro a girocollo, un paro di pantaloni di villuto nìvuro che infilò dintra agli stivaloni, una scazetta di lana col giummo macari essa nìvura che si mise in testa. Ci mancava la pipetta torta nella vucca e sarebbe stato una stampa e una figura con un lupo di mare alla maniera delle pellicole americane di terz'ordine. Andò davanti allo specchio e si taliò. L'unica era riderci sopra.

«Avanti tutta, vecchio bucaniere!».

Arrivò alla villetta bianca e rossa di Spigonella che erano le deci, ma invece di pigliare la strata per il bungalow fece quella della prima volta, quando c'era stato con Fazio. L'ultimo tratto lo coprì a fari astutati. Il cielo era cummigliato e c'era un tale scuro che non si vidiva un'amata minchia a un passo di distanza. Scinnì dalla machina e si taliò torno torno. A mano dritta, a un centinaro e passa di metri, la massa scura della villa. Dei sò òmini, nenti, manco un suspiro. O non erano ancora arrivati o se erano arrivati si erano mimetizzati benissimo. Tronchese in mano e pistola in sacchetta, caminò sull'orlo dello sbalanco fino a che non individuò il comincio della scala che aviva notato quanno era stato lì. La scinnuta non fu accussì difficoltosa come con l'altra scala, o pirchì questa era scavata meno a pirpindicolo o pirchì il sapiri che i sò òmini erano nei paraggi lo confortava.

Era arrivato a metà quanno sentì rimbombare un motore. Capì subito che si trattava del gommone in partenza, il rumore era amplificato dal silenzio e dalla grutta che faceva cassa di risonanza. Si bloccò. Davanti all'imboccatura del porticciolo, l'acqua del mare di colpo si tingì di rosso. Montalbano, data la posizione nella quale si trovava, non poteva vidiri direttamente il faretto addrumato pirchì era cummigliato dall'altro faraglione che gli stava davanti, ma quel riflesso rosso non poteva significare altro. E dintra a quel riflesso vitti distintamente passare la sagoma del gommone, macari se non arrinisì a capire quante pirsone c'erano a bordo. Subito doppo il riflesso scomparse, la rumorata del motore s'allontanò, durò a longo cangiato nel ronzio di un moscone, si perse. Tutto come aviva previsto. Mentre ripigliava a scinniri i graduna, dovette tenersi dal mettersi a cantare a squarciagola, fino a questo momento non aviva sbagliato una mossa.

Ma fu cuntintizza di breve durata pirchì la difficoltà di caminare sulla rina asciutta con quegli stivaloni s'appresentò subito. Sarebbero stati infatti bastevoli una decina di passi per spaccargli la schina e d'altra parte spostarsi di più verso la ripa fino a trovare la rina vagnata e compatta era periglioso assà, si veniva a trovari troppo alla scoperto. S'assittò 'n terra e tentò di levarsi il primo stivalone. Il quale stivalone scinnì tanticchia lungo la coscia, ma s'arrefutò testardamente di oltrepassare il ginocchio. Si susì e ripeté il tentativo addritta. Pejo di prima. Principiò a sudare e a santiare. Finalmente arriniscì a incastrare un tacco tra dù petre che sporgevano dalla parete e s'alliberò. Ripigliò a caminare a pedi nudi tenendo con una mano la tronchese e coll'altra gli stivaloni. Nello scuro non s'addunò di una troffa d'erba sarbaggia ch'era tutta un ammasso di spine e ci acchianò di supra. Un centinaro di spine s'azzeccarono felici nelle piante dei pedi. Avvilì. No, doveva pigliarne atto, quelle imprise, per lui, non erano più cosa. Arrivato al margine del fossato, s'assittò e s'infilò gli stivaloni sudando friddo per il male che gli facivano le decine di spine disturbate per la sfricatura della gomma.

Si calò lentamente dintra al fossato ed ebbe la soddisfazione di sapiri che aviva inzertato il calcolo giusto: l'acqua gli arrivò a mezza coscia, proprio un dito sutta a dove finiva la protezione degli stivaloni. Ora aviva davanti il primo dei faraglioni nani che formavano il porticciolo, nasciva praticamente dalla stessa parete. S'infilò nella cintura la tronchese e tastiando con le mano lo scoglio scoprì due appigli. Si isò con la forza delle vrazza. L'arrampicata gli venne facilitata dalle suole di gomma che facevano presa. Sciddricò una sola volta, ma arriniscì a tenersi con una mano sola. Aggrampandosi che pareva un grancio, arrivò alla rete metallica. Pigliò la tronchese e, principiando da dritta a vascio, tranciò il primo filo. Il secco zac metallico risonò nel silenzio come una revorberata, o almeno accussì gli parse. S'apparalizzò, non osando cataminare manco un dito. Non capitò nenti, nisciuno fece voci, nisciuno arrivò di cursa. E zac appresso zac, mettendo tra l'uno e l'altro zac una giusta pausa quatelosa, arriniscì in una mezzorata a troncare tutti i fili della rete saldata al palo di ferro che a sua volta era cementato nella parete. Non tranciò solo due fili nella parte alta, uno a dritta e l'altro a manca, che servivano a tenere la rete sospesa e a dare l'impressione che fosse ancora intatta. Quelli li avrebbe tagliati a tempo debito. Ora da lì doveva andarsene. Lasciò la tronchese sutta la rete e, tenendosi con le due mano aggrappato alla parte superiore dello scoglio, stinnicchiò il corpo, coi pedi alla ricerca di un appiglio. Gli parse d'averlo trovato, c'infilò la punta degli stivaloni e lasciò la presa. Fu un errore. L'appiglio era poco profondo e non resse il peso. Scivolò lungo lo scoglio, tentando di fermare la sciddricata con le dita ad artiglio. Gli parse di essere addiventato gatto Silvestro in uno dei suoi migliori momenti comici. Si spellò le mano e piombò addritta nel fossato. Pirchì non funzionò il principio d'Aristotele, anzi no, d'Archimede? Il principio diciva che un corpo immerso in un liquido riceve una spinta dal basso verso l'alto pari alla quantità di liquido spostato. Era accussì o no? Invece lui non ricevette nisciuna spinta, a riceverla fu l'acqua che gli arrivò a fontana fino a supra la testa, ricadde, gli assuppò il maglione, sguazzò allegramente tra i sò cabasisi, penetrò dintra gli stivaloni. E inoltre gli parse che la caduta avesse fatto l'istissa rumorata di una balena che si spiaggiava. Appizzò le orecchie, ancora una volta nenti, né una voce né una rumorata. Siccome il mare era tanticchia mosso, forse il guardiano aviva pinsato a un'ondata contro gli scogli più forte delle altre. Risalì dal fossato, si stinnicchiò sulla rena.

E ora che fare? Contare da zero a un miliardo? Circari di ripassare a memoria tutte le poesie che conosceva? Farsi tornare a mente tutti i modi possibili di cucinare le triglie? Accominzari a pinsari alle giustificazioni da dare al Questore e al pm per avere travagliato a questa facenna a taci maci, senza «il permesso delli Superiori»? Improviso, gli venne di fare uno stranuto violento, tentò di tenerlo, non ci arriniscì, bloccò lo scruscio a livello di naso tappandolo con la mano. Sentiva d'avere dintra a ogni stivale una mezza litrata d'acqua. Ci mancava sulo sta gran camurria del raffreddore! Oltretutto, principiava a sintiri friddo. Si susì e si mise a passiare ranto ranto la parete, tanto peggio se all'indomani avrebbe avuto malo di schina. Fatti cento passi, tornò narrè. Arrivato al fossato, voltò le spalle e principiò una nova caminata. Fece avanti e narrè una decina di volte. Altro che friddo! Ora sintiva cavudo e sudava. Decise d'arriposarsi tanticchia e s'assittò 'n terra. Poi si stinnicchiò completamente. Passata una mezzorata, gli principiò una fastiddiosa sonnolenza. Chiuì l'occhi e li raprì, non seppe calcolare quanto tempo doppo, infastidito dal ronzio di un moscone.

Moscone?! Ma quello era il gommone che tornava! Di scatto, rotolò verso il fossato, vi trasì dintra addritta, ma standosene raggomitolato. Il ronzio divintò rumore e a sua volta il rumore divintò fracasso mentre il gommone arrivava a vista del porticciolo. Il fracasso cessò improvviso, di certo il gommone ora stava sfruttando l'abbrivio per percorrere il canale e trasire dintra alla grutta. Montalbano acchianò sullo scoglio senza problemi, a dargli forza e lucidità era la cirtizza che da lì a poco si sarebbe pigliata la soddisfazione tanto addesiderata. Appena arrivò con la testa all'altizza della rete vitti che un gran fascio di luce nisciva dall'ingresso della grutta. Sentì macari due voci arraggiate d'òmini e un chianto e un piagnucolio di picciliddri che gli muzzicò il cori e gli rivotò lo stomaco. Aspittò con le mano sudatizze e tremanti, non di tensione ma di raggia, fino a quanno non percepì più una voce o una rumorata provenire dalla grotta e quanno stava per tranciare il primo dei dù fili che restavano macari la luce s'astutò. Bon signo, veniva a significare che la grutta era sgombra. Tagliò i fili uno appresso all'altro senza precauzioni, fece sciddricare il grande quatrato di rete che gli restò in mano lungo lo scoglio e doppo lo lasciò cadiri nel fossato. Passò tra i dù pali di ferro e saltò sulla rena, allo scuro, dalla cima dello scoglio. Un savuto di oltre tri metri, e il Signuruzzu gliela mandò bona. In quei pochi momenti pariva aviri perso una decina e passa d'anni. Scocciò l'arma, mise il colpo in canna e trasì nella grutta. Scuro fitto e silenzio. Caminò sulla banchina stritta fino a quanno la sò mano sentì la porta di ferro mezzo aperta. Trasì nella rimessa e spedito, come se ci vidiva, arrivò fino all'arco, lo passò, acchianò sul primo graduni e qui si fermò. Come mai tutto era accussì tranquillo? Pirchì i sò òmini ancora non avivano principiato a fare quello che dovivano? Un pinsèro gli traversò la testa e lo fici sudare: vuoi vidiri che avivano avuto un contrattempo e non erano arrivati? E lui che se ne stava lì allo scuro, pistola in mano, vistuto da bucaniere come una testa di minchia! Ma pirchì non s'addecidevano? Gesù, ma volevano babbiare? E accussì il signor Zarzis e i suoi dù amicuzzi se la sarebbero passata liscia? Eh no, a costo d'acchianare nella villa da solo e fare un catunio.

E proprio in quel momento sentì, sia pure attutiti dalla lontananza, esplodere quasi contemporaneamente colpi di pistola, raffiche di mitra, voci alterate delle quali non si capivano le parole. Che fare? Aspittare lì o curriri in appoggio dei sò? Supra, la sparatina continuava, violenta e pariva essersi fatta più vicina. Tutto 'nzemmula una luce fortissima s'addrumò nelle scale, nella rimessa e dintra alla grutta. Qualichiduno si priparava a scappare. Sentì distintamente passi precipitosi sulla scala. Velocissimo, il commissario niscì dall'arco e gli si mise allato, spalle al muro. Un attimo appresso un omo ansante sbucò facendo una specie di balzo che parse 'ntifico un surci quanno nesci dalla fogna.

«Fermo! Polizia!» gridò Montalbano avanzando di un passo.

L'omo non si fermò, si voltò appena, isò il vrazzo destro armato di un grosso revorbaro e sparò darrè di sé quasi all'urbigna. Il commissario sentì una mazzata violenta alla spalla sinistra, tanto violenta che tutta la parte superiore del suo corpo venne girata a mancina. Ma i pedi e le gambe no, restarono al posto loro, 'nchiuvati 'n terra. L'omo era arrivato alla porta della rimessa quanno il primo e unico colpo sparatogli da Montalbano lo pigliò in pieno in mezzo alle scapole. L'omo si bloccò, allargò le vrazza, mollò il revorbaro e cadì in avanti affacciabocconi. Il commissario, con lintizza, pirchì non ce la faciva a caminare spedito, gli si avvicinò e con la punta dello stivalone lo rivoltò.

Jamil Zarzis parse sorridergli con la sò vucca sdintata.

Una volta una pirsona gli aviva spiato se gli era mai capitato d'essiri contento d'aviri ammazzato a uno. E lui aviva risposto di no. E manco stavolta si sintiva contento, ma appagato sì. Appagato era la parola giusta.

Lentamente s'agginucchiò, aviva le gambe di ricotta e una gran gana di sonno. Il sangue nisciva a fontanella dalla ferita alla spalla e gli assuppava il maglione. Il colpo doviva aviri fatto un gran pirtuso.

«Commissario! Dio mio, commissario! Chiamo un'ambulanza!».

Teneva l'occhi inserrati e riconobbe Fazio dalla voce.

«Niente ambulanze. Perché ci avete messo tanto a principiare?».

«Abbiamo aspittato che mettessero i picciliddri dintra a una càmmara, così potevamo cataminarci meglio».

«Quanti sono?».

«Sette picciliddri. Pare un asilo infantile. Tutti salvi. Uno dei due òmini l'abbiamo ammazzato, l'altro si è arreso. Al terzo ha sparato lei. Il conto torna. E ora posso chiamare qualcuno che mi dia una mano d'aiuto?».

Ripigliò conoscenza che era dintra a una machina guidata da Gallo. Fazio era darrè con lui e lo tiniva abbrazzato dato che l'auto sobbalzava sulla strata tutta pirtusa pirtusa. Gli avivano levato il maglione e fatto una fasciatura provisoria. Non sintiva dolore per la ferita, forse sarebbe arrivato doppo. Tentò di parlari, ma a prima botta non ci arriniscì pirchì aviva le labbra arse.

«Stamatina... a punta Raisi... a mezzojorno... arriva Livia».

«Non si preoccupi» disse Fazio. «Qualcuno di noi ci andrà sicuramente».

«Dove... mi state portando?».

«All'ospedale di Montechiaro. È il più vicino».

E qui capitò una cosa che fece spavento a Fazio. Pirchì capì che la rumorata che stava facendo Montalbano non era tosse o schiarimento di gola, ma risata. E che ci trovava da ridere in quella situazione?

«Perché ride, dottore?» spiò prioccupato.

«Io vuliva futtiri... all'angelo custode... e non andare dal medico... e invece lui... futtì a mia... facendomi finire allo spitali».

A quella risposta, Fazio atterrì. Il commissario evidentemente cominciava a delirare. Ma l'atterrì ancora di più l'urlo improvviso del ferito.

«Fermo!».

Gallo frenò, la machina sbandò.

«Quello... davanti a noi... è... il bivio?».

«Sissi, dottori».

«Piglia la strata per Tricase».

«Ma dottore...» intervenne Fazio.

«Vi ho detto di pigliare la strata per Tricase».

Gallo rimise in moto lentamente, svoltò a mano dritta e quasi subito Montalbano gli ordinò di fermarsi.

«Addruma gli abbaglianti».

Gallo eseguì e il commissario si sporse a taliare fora dal finestrino. La montagnola di perciale non c'era più, era servita a pianeggiare la trazzera.

«Meglio accussì» si disse.

Improvviso, fortissimo, l'assugliò il dolore della ferita.

«Andiamo all'ospedale».

Ripartirono.

«Ah, Fazio, un'altra cosa...» continuò con fatica passandosi inutilmente la lingua arida sulle labbra arse «ricordati... ricordati d'avvertire... a Ponzio Pilato... sta all'hotel Regina».

Madunnuzza santa! E da dovi nisciva fora Ponzio Pilato? Fazio fece la voce comprensiva, come si fa coi pazzi.

«Certo, certo, stia calmo, l'avvertiremo, la prima cosa che farò».

Troppa faticata a parlari, a spiegari. E Montalbano si lasciò andare, mezzo sbinuto. Allura Fazio, ch'era addivintato tutto un sudore per lo scanto che gli veniva a sintiri quelle cose per lui senza senso, si calò in avanti e sussurrò a Gallo:

«Curri, pi carità, curri. Non lo vedi che il dottore non ci sta più con la testa?».

Nota

I personaggi di questo romanzo, i loro nomi e le situazioni nelle quali si vengono a trovare e agiscono sono, naturalmente, frutto d'invenzione.

Appartengono invece alla realtà i dati sull'immigrazione clandestina dei minori tratti dall'inchiesta di Carmelo Abbate e Paola Ciccioli apparsa su «Panorama» del 19 settembre 2002, e le notizie sul capo dei negrieri e la sua organizzazione desunte da un articolo del quotidiano «La Repubblica» del 26 settembre 2002. Anche la storia del finto morto mi è stata suggerita da un fatto di cronaca («Gazzetta del Sud»,17, 20 e 25 agosto 2002).

A.C.

Indice

Questo volume è stato stampato
su carta Palatina
delle Cartiere Miliani di Fabriano
nel mese di febbraio 2003
presso la Leva Arti Grafiche s.p.a. - Sesto S. Giovanni (MI)
e confezionato
presso Le.go Service - Cologno Monzese (MI)

La memoria

uno come il commissario Montalbano. Più che scrivere storie, Camilleri inventa personaggi e poi li fa recitare fra le quinte di un teatro di cui è lui il regista. E noi assistiamo alla commedia, divertiti, fino a che il crescendo di drammaticità non diventa incalzante e la nostra immaginazione, appena prima distratta dalla commedia, si trova di colpo a dipendere dalla geometria del meccanismo poliziesco, del thriller: perché ci sciolga dalla prigione di tensione che le è cresciuta intorno.

Gli altri romanzi con protagonista il commissario Salvo Montalbano: *La forma dell'acqua* (1994), *Il cane di terracotta* (1996), *Il ladro di merendine* (1996), *La voce del violino* (1997), *La gita a Tindari* (2000), *L'odore della notte* (2001). Andrea Camilleri ha pubblicato con questa casa editrice anche: *La strage dimenticata* (1984), *La stagione della caccia* (1992), *La bolla di componenda* (1993), *Il birraio di Preston* (1995), *Il gioco della mosca* (1995), *Un filo di fumo* (1997), *La concessione del telefono* (1998), *Il corso delle cose* (1998), *Il re di Girgenti* (2001).

Prezzo Euro 10,00

ISBN 88-389-1860-0